Alisl

Undercover

Millionär

Verbotene Liebe

1. Auflage Mai 2017

Copyright © 2017 Alisha April

MS Publishing, Fliederweg 4, 93164 Laaber

Lektorat: Charlotte Zechel

Coverdesign: Sophia Silver

Herstellung: Amazon Distribution GmbH,
Leipzig

ISBN-13: 978-1521323779

Kurzbeschreibung

Long Island, New York: Mit Vollgas rast er in das Leben der fünfundzwanzigjährigen Jess. Dabei hat sie noch Glück im Unglück bei dieser ersten Begegnung. Doch so übel scheint der gutaussehende Taylor bei näherer Betrachtung gar nicht zu sein. Im Gegenteil: Er entpuppt sich als wahrer Gentleman, doch mit einer geheimnisvollen Vergangenheit. Was hat er zu verbergen? Als Jess es herausfindet, droht sie daran zu zerbrechen, denn ganz plötzlich hat sie mehr mit Taylors Herkunft zu tun, als sie sich je vorstellen konnte. Wie wird sie mit dieser Herausforderung fertig?

Eine humorvolle und auch tiefgründige Liebesgeschichte mit einigen unerwarteten Wendungen ...

Für einen Sommer voll Romantik und Träume.

Prolog

Ich liebe dich,
kann nichts dafür, dass sich mein Herz so
sehnt nach dir.
Hörst du es schlagen? Es will dir sagen:
Ich liebe dich!

Kapitel 1

Manchmal Glück im Unglück

Die untergehende Sonne warf fantasievolle Schatten und Muster in warmen Farben an Wände und Boden. Die beiden standen bereits eine Weile vor einem Bild, das erst am Morgen aufgehängt worden war. Jayden Harper, ein elegant gekleideter durchschnittlich aussehender Mittdreißiger mit blonden, halblangen Haaren, die er zu einem Zopf gebunden trug und grünen Augen, betrachtete das Gemälde eingehend von allen Seiten, während Jess ihn hoffnungsvoll anblickte. Jessica Blair wirkte in ihren Jeans und dem lässigen T-Shirt wesentlich jünger und kaum jemand hätte sie auf fünfundzwanzig geschätzt. Sie nahm ihre Sonnenbrille, die in ihren dunkelblonden, offenen Haaren steckte ab und begann, auf dem Bügel herumzukauen.

„Du sagst ja gar nichts?", fragte sie schließlich und sah ihn aus ihren großen, ozeanblauen Augen ungeduldig an. „Sei bitte ehrlich, Jayden. Wenn es dir nicht gefällt, kann ich auch damit leben." Es klang selbstbewusst und Jayden bedachte sie mit einem schiefen Lächeln. Er erhöhte die Spannung noch etwas, indem er eine weitere kleine Pause einlegte. Dann meinte er lässig: „Tja, also, wenn du es wirklich wissen willst, … es ist dein bestes Bild ever!" Jess blieb der Mund offen stehen.

„Jedenfalls von denen, die ich kenne", fügte er schmunzelnd hinzu. Er wusste, dass sie noch einige weitere auf dem Speicher liegen hatte, die er noch nie zu Gesicht bekommen hatte und womöglich auch nie sehen würde. Er musste sie unbedingt ermuntern, weiterzumachen. In Jess schlummerte ein unvergleichliches Talent, das er selten so gesehen hatte. Die besondere Leichtigkeit, die in ihren Bildern zum Ausdruck kam, stach einem förmlich ins Auge und ihre Art, die Skyline von Manhattan zu malen, beeindruckte ihn tief.

Jess fiel ihm um den Hals. „Das rührt mich, Jayden! Du weißt, ich möchte immer ehrliche Kritiken und wenn du sagst, dass es gut ist, dann weiß ich, es ist gut!" Sie wischte sich verstohlen eine Träne aus dem Augenwinkel und atmete tief durch. Die Malerei war zwar nicht ihr Brotjob, aber sie nahm es zumindest

genauso ernst. Auch wenn sie gerne mehr
Zeit dafür gehabt hätte.

Jayden war die impulsive Szene ein wenig
unangenehm, er war trotz seines jungen
Alters ein etwas verkrusteter Typ. Vorsichtig
blickte er sich um. Außer ihnen war niemand
mehr im Kunsthaus. In zwanzig Minuten
würden sie ohnehin schließen. Jayden war
Galerist und ihm gehörte dieser Ausstellungsraum, in dem er regelmäßig Ver-
nissagen und Künstlertreffen veranstaltete.
Er bewohnte mit seiner Frau Abigail das
Obergeschoss des Gebäudes, das nicht weit
vom Strand und vom Lighthouse, dem
Leuchtturm entfernt war, der das Wahr-
zeichen von Montauk auf der Insel Long
Island darstellt.

Jess sah ihn eine Weile mit zurückgekehrter
Skepsis an: „Meinst du, dass mein Bild sich
verkaufen lässt?"
„Keine Sorge, beruhigte er sie mit seinem
ausgeprägt schnarrenden Ostküsten-Akzent.
„Übernächste Woche findet das Memorial
Day Weekend statt, dann beginnt die Saison
und du wirst dich vor Interessenten kaum
retten können. Die meisten Gäste kommen ja
aus der City, da sind die Leute scharf auf so
etwas, glaub' mir, Süße!" Jayden machte eine

Pause und schürzte die Lippen. „Was mir aber eher den Kopf zermartert ist, wie ich dich dazu bringe, noch mehr dieser Traumstücke zu produzieren. Ich weiß, dass sie großen Anklang finden würden."

Jess war erleichtert über seine Worte, nur befand sie sich in einem zeitlichen Dilemma. Sie nickte zustimmend, erklärte ihm aber gleichzeitig: „Wenn das so einfach wäre, Jayden! Du weißt, ich arbeite halbtags im Sea Crest Hotel, dann habe ich momentan einige Aufträge für E-Book-Cover zu machen und überdies gibt es auch noch Onkel James, um den ich mich kümmere. Da bleibt nicht mehr viel Zeit." Jess sah ihn mit hängenden Mund-winkeln an.

Jayden kräuselte die Stirn. „Klar, ich verstehe dich, sogar sehr gut. Trotzdem wären die Bilder in einer Galerie in New York City wesentlich besser aufgehoben. Und ich könnte ein zigfaches von dem erzielen, was ich hier bekomme. Außerdem gibt es dort sehr einflussreiche Leute, die du kennen-lernen könntest."
Jess dachte über seine Worte nach. Dann aber kam es entschlossen über ihre Lippen: „Ich möchte trotzdem, dass du meine Bilder hier verkaufst."

Jayden senkte die Lider. „Okay, ich akzeptiere es. Aber schade, du könntest so viel mehr aus dem Ganzen machen, wenn du es richtig aufziehen würdest." Jess schenkte ihm einen gutmütigen Blick. „Das werde ich – eines Tages!", erklärte sie fest. „Aber jetzt muss ich wirklich los …" Sie blickte gehetzt auf ihre Uhr.

„Fährst du ins Sea Crest Hotel?", wollte er noch wissen, während er auf die Ausgangstür zusteuerte.

„Nein. Ich fahre nach Hause. Onkel James hat heute frischen Fisch gekauft und erwartet mich zum Abendessen."

„Na dann lass den guten Mann nicht warten! Wie geht es ihm denn inzwischen?" Jess zog die Stirn in Falten. „Nun ja, den Umständen entsprechend. Er wird sich aber sicher noch einige Zeit schonen müssen und auch auf sein geliebtes Windsurfen verzichten."

„Er kann froh sein, dass du nun bei ihm wohnst und ihm ein wenig hilfst."

„Das ist er, ganz gewiss!" Jess lächelte und gab Jayden zum Abschied die Hand. Er hielt sie einen Moment länger als nötig und sah sie eindringlich an: „Ich finde trotz allem, du gehörst in die City! Eine Frau wie du und mit deinem Talent!" City hin oder City her. New York war sicher auch nicht das allein glückselig machende, dachte Jess trotzig.

„Es ist nicht nur wegen Onkel James. Ich habe mich in Montauk gut eingelebt, um nicht zu sagen, ich liebe diese Gegend inzwischen. Sie blickte auf das funkelnde Meer, das sich unweit des Kunsthauses befand. Auch die Arbeit im Hotel macht mir Freude. Warum also sollte ich von hier fortgehen?"

„Vielleicht spielt ja auch Matthew eine nicht unwichtige Rolle bei deinen Entscheidungen?", fragte Jayden vorsichtig.

„Matthew Bennett?", wiederholte sie und ihre Miene verdunkelte sich.

„Matt und ich sind nur Freunde. Da ist nichts!", konstatierte sie energisch.

„Von deiner Seite aus vielleicht, aber bei ihm bin ich mir da nicht so sicher …" Der knorrige Mittdreißiger wich ihrem Blick aus.

„Jayden, es ist wirklich nicht so, wie es aussehen mag."

„Okay, es geht mich schließlich auch nichts an. Entschuldige meine Neugier!" Er setzte seinen Hundeblick auf, den Jess inzwischen nur zu gut kannte.

„Tja, dann. Nun muss ich aber wirklich …!"

„Ich lasse es dich sofort wissen, wenn das

Bild verkauft ist. Aber natürlich warte ich schon sehnsüchtig auf dein Nächstes." Er grinste und seine akkurat stehenden Zähne blitzten. Jayden war gewiss kein überaus attraktiver Mann, hatte jedoch Charme und Witz. Außerdem war er seit vielen Jahren glücklich mit Abigail verheiratet, die voll hinter ihm stand und seine Projekte unterstützte, zum Teil auch in finanzieller Hinsicht.

Jess sprang in ihren Wagen und rief durch die heruntergelassene Fensterscheibe: „Klar, ich bleibe dran. Auf Wiedersehen!" Sie startete den Motor und fuhr weg.

* * *

Abigail hatte Stimmen von unten vernommen und kam die Treppe zur Galerie herunter. Jayden verriegelte die Tür und blickte seine Frau lächelnd an.
„Mit wem hast du gesprochen, Darling?"
Jayden wandte sich um und deutete auf ein Bild an der Wand. „Jess war gerade bei mir wegen dieser Arbeit."
Abigail begutachtete das Gemälde von allen Seiten. „Es ist wunderbar, einfach Klasse! Sie ist so talentiert, die Kleine!"
„Ich finde es auch außergewöhnlich gut. Sieh

dir die brillante Farbgebung an und die Schattenwirkung. Hochinteressant, findest du nicht?" Abigail prüfte das Acrylbild mit geschärftem Blick. „Es ist so perfekt, dass ich es am liebsten kaufen würde!"

„Nein, das können wir ihr nicht antun. Sie würde es falsch verstehen. Das möchte ich nicht. Sie soll uns schließlich weiterhin in dieser Beziehung gewogen bleiben, nicht wahr? Ich hätte Großes mit ihr vor … Wenn sie nur wollen würde!" Er senkte enttäuscht seine Blicke auf den Dielenboden. „Sie behauptet, keine Zeit zu haben. Ich glaube es ihr nicht. Es sind nur Ausreden. Sie traut sich einfach nicht zu, gut sein zu können. Sie glaubt nicht an sich. Das ist das Problem. Und Matthew Bennett hat in dieser Hinsicht nicht gerade einen günstigen Einfluss auf ihre Malerei. Er hat mir kürzlich erst erzählt, was er von der Pinslerei, wie er es nannte, hält - nämlich gar nichts!"

„So gesehen wäre er mit Sicherheit auch kein geeigneter Partner für Jess. Er würde sie eher noch davon abbringen." Abigails ablehnende Haltung gegenüber Matt war offensichtlich. „Aber lass uns für heute Schluss machen, Jayden. Ich habe das Abendbrot gerichtet." Jayden nickte wortlos und drehte das Licht

im Ausstellungsraum ab, ehe er seiner Frau
in die gemeinsame Wohnung hinauf folgte.

* * *

Stolz darüber, dass Jayden ihre Arbeit in den
höchsten Tönen gelobt hatte, fuhr Jess die
wenigen Kilometer bis zum Häuschen ihres
Onkels mit dem großen, eingewachsenen
Garten. Sie wusste, dass sie sich auf sein Ur-
teil verlassen konnte und war guter Hoffnung, dass das Bild einen Käufer finden
würde. Jayden besaß als Galerist, der weit
herumgekommen war, die nötige Erfahrung
in solchen Dingen. Vor einigen Jahren hatte
er das in die Jahre gekommene Haus an einer
ruhigen Straße am Ortsrand von Montauk
günstig erworben und in Eigenregie zu
einem Wohn- und Künstlerhaus umgebaut.

Montauk, der östlichste Ort auf Long Island,
war ein Paradies für Surfer und gestresste
New Yorker, die hier Ruhe und Erholung
suchten. Und während die Upper Class in
den überfüllten Hamptons, die nur ein paar
Kilometer vor Montauk begannen, ihre
Nobelkarossen zur Schau stellten, beein-
druckte diese Gegend hier durch unberührte
Strände und wilde Natur. Zudem galt der
Fischreichtum rund um das Lighthouse als

15

einmalig und verlieh dem Ort den Namen: Angelhauptstadt der Welt. Neben der Fischerei war Surfen hier groß geschrieben und zur richtigen Saison gab es fantastische Verhältnisse für Wellenreiter. Am Ditch Plains versammelten sich sowohl Anfänger als auch Profis zum Wellen-Check. Der Strand war als Ausgangspunkt ideal, um erste Versuche auf dem Surfbrett zu machen.

Durch ihre Arbeit an der Rezeption im Sea Crest Hotel hatte Jess viel Kontakt mit Menschen. Bald würde die Saison beginnen und das hieß vermehrten Besucher- und Gästezulauf, sowohl in den Hotels als auch an den Stränden. Jess liebte jedoch auch die ruhigeren Zeiten von Montauk, in denen ihre Spaziergänge sie zum Leuchtturm, an den See, zum Atlantik oder durch die Parks führten.

Sie fuhr am Hotel vorbei, das in Strandnähe lag und registrierte einen Bus, der davor parkte. Dies bedeutete eine Reihe neuer Gäste. Der Bus kam offensichtlich aus New York. Dann bog Jess an der nächsten Kreuzung ab und kam an einem Surfladen vorbei, von denen es hier einige gab. Da sie Matt und seinen Pickup neben dem Eingang stehen sah, hielt sie nach kurzem Zögern an.

Matt kam ihr entgegen und Jess stieg aus ihrem Wagen.

„Hi, Jess!" Er umarmte sie freundschaftlich.

„Lange nicht gesehen! Was geht ab? Nimmt dich die Malerei so in Beschuss, dass du für einen guten Freund keine Zeit mehr hast?"

„Fast richtig!", bestätigte Jess mit schnippischem Unterton, denn sie wusste, er konnte damit überhaupt nichts anfangen.

„Ich war eben bei Jayden und habe ihm ein neues Bild gebracht."

„Prima. Dann hast du ja nun wieder mehr Zeit für die wirklich wichtigen Dinge des Lebens", schnarrte er mit wippenden Augenbrauen.

„Nicht ganz, ich soll ihm nämlich so bald wie möglich ein weiteres liefern." Jess lächelte stolz.

„Okay, okay. Aber vielleicht findest du dazwischen ja noch etwas Zeit, uns bei den Vorbereitungen für die nächste Theatervorstellung zu helfen? Die Bühne müsste dekoriert werden und so weiter … Du weißt ja."

„Selbstverständlich, ich habe euch noch immer geholfen! Also mach' nicht so ein Gesicht, Matt!" Er wirkte in dem Moment ziemlich unbeholfen in seinem Karo-Hemd und der Baseball-Kappe und Jess überfielen erneut Zweifel an ihrer Zuneigung zu ihm.

Sie mochte ihn. Aber war da tatsächlich noch mehr? Vielleicht waren auch die acht Monate, die sie sich kannten, nicht ausreichend, um diese Frage zu beantworten?

„Geht es dir gut?", fragte Matt daraufhin, als hätte er ihre Gedanken lesen können.
„Alles okay. Ich bin nur in Eile. Onkel James macht Fisch zum Abendessen. Ich bin ohnehin schon spät dran. Ich melde mich wieder, okay?"
„Würde mich freuen!" Er nickte traurig und drückte die Fahrertür ihres roten Chevys zu. Eine Weile sah er ihr noch nach, als der Wagen sich bereits entfernt hatte und ging mit gesenktem Haupt in den Laden zurück. Matt arbeitete seit zwei Jahren im Oceanboard, einem renommierten Fachgeschäft für Surfer. Nebenher verdiente er sich zusätzlich ein paar Dollar in einer nahe gelegenen Autowerkstatt. Dass er zweieinhalb Jahre jünger als die fünfundzwanzigjährige Jess war, sah man ihm, dem das Leben nicht immer heiter gesinnt war, nicht an. Durch einen Schicksalsschlag war er gereift und wirkte älter als er war.

Jess war in Gedanken versunken und sinnierte über ihre Gefühle zu Matt, als sie ihr Zuhause fast erreicht hatte. Die

Dunkelheit brach bereits herein. Sie unterdrückte ein müdes Gähnen. Eben wollte sie an der Kreuzung von der Hauptstraße nach rechts in die Seitenstraße biegen, in der sich das Haus ihres Onkels befand. Da bemerkte sie eine von links kommende, ziemlich schnell fahrende Limousine. Wieso hält der nicht? Ich habe Vorfahrt!, dachte Jess noch und riss das Steuer auf die andere Seite. Sie verhinderte dadurch im letzten Moment einen Zusammenprall.

Dann hörte sie die quietschenden Bremsen des anderen Wagens und vernahm das Geräusch eines Aufpralls. Sie bremste scharf und brachte ihr Auto am Straßenrand zum Stehen. Fassungslos und schockiert blieb sie zunächst in ihrem Wagen sitzen. Dann betrachtete sie ihr erschrecktes Gesicht im Rückspiegel. Zum Glück war sie nicht verletzt. Als sie ihren Kopf nach hinten drehte, sah sie die Limousine, die halb im Straßengraben steckte. Vom Fahrer war keine Spur zu sehen. Ein diffuses Gefühl der Angst übermannte Jess und zitternd stieg sie aus, um zu dem anderen Wagen zu eilen. Sie blickte durch die Scheibe der Fahrerseite. Ein Mann lag offensichtlich bewusstlos mit dem Oberkörper über dem Lenkrad.

„Oh mein Gott!", schrie sie und riss hektisch an der Tür. Zum Glück ließ sie sich öffnen. Jetzt musste sie Ruhe bewahren! Nach einem akribischen Blick war klar, dass der Mann keine großen Verletzungen hatte. Aber er konnte innere Blutungen haben! Jess' Hände zitterten, als sie sich über ihn beugte. Plötzlich begann er zu stöhnen und fing an, sich zu bewegen. Gleichzeitig nahm Jess eine aufdringliche Alkoholfahne aus seinem Mund wahr. Der Mann schien langsam wieder zu Bewusstsein zu kommen. Er hob den Kopf an und stöhnte erneut. Dabei entdeckte Jess ein großes Hämatom auf seiner Stirn. „Nicht bewegen! Ich helfe Ihnen … Ich rufe einen Arzt, ich …", stotterte sie aufgeregt und fühlte sich etwas überfordert.

„Nein! Tun Sie das nicht!" Seine Stimme war schwach, aber dennoch resolut genug, um Jess erneut in Angst zu versetzen. Sie zögerte erst, dann meinte sie: „Aber Sie sind verletzt und ein Arzt sollte Sie lieber untersuchen!" „Nein!", stammelte der Mann. „Es geht schon!" Er hielt sich mit beiden Händen am Lenkrad fest. „Bitte, es ist nicht nötig! Ich möchte nicht, dass …"
„Ich verstehe schon." Jess sah den Mann wissend an. Ihr war klar, warum er weder Arzt noch Polizei kommen lassen wollte. Er

war etwa Mitte Dreißig und es war unübersehbar, dass er betrunken Auto gefahren und
es dadurch zu dem Unfall gekommen war.
Der Fremde stemmte sich in seinem Sitz hoch
und blickte Jess mit flehendem Blick aus
schräg stehenden, rehbraunen Augen an.
Seine Haare waren dunkelbraun, die Frisur
zerzaust. Jess überlegte, was sie tun sollte.

„Bitte, gehen Sie!", flüsterte er mit schmerz-
verzerrtem Gesicht.
„Nein! Ich lasse Sie hier nicht allein, das ist
unmöglich! Ich werde Ihnen helfen!", antwortete sie bestimmt.
Sie öffnete die Tür der Fahrerseite und versuchte, dem Mann herauszuhelfen. Er
schwankte und Jess musste ihr ganzes
Gewicht gegen ihn stemmen, um ihn zu
halten. Dann fand er sein Gleichgewicht
wieder und die beiden gingen langsam zu
ihrem Wagen. „Sie sind ja ganz blass!",
scherzte er lallend, während Jess ihn auf den
Beifahrersitz komplimentierte.
„Ein Wunder?", entgegnete Jess unwirsch.
„Seien Sie froh, dass ich so nett war und
nicht die Polizei geholt habe. Sonst würden
mit Sicherheit Sie sehr blass aussehen!" Sie
fand es absolut unpassend, in dieser
Situation auch noch Witze zu machen.

Jess war erleichtert, als sie schließlich in der Hofeinfahrt ihres Onkels standen, der kurz darauf mit sorgenvollem Blick aus dem Haus kam. „Wo bleibst du denn so lange? Ist etwas passiert?", rief er und war beruhigt, als er sie wohlbehalten aus dem Auto steigen sah.

„Onkel James, bitte hilf mir, ein Mann sitzt in meinem Wagen. Er ist … leicht verletzt. Er hatte … einen kleinen Unfall!", stammelte sie und rang nach den richtigen Worten, um ihren Onkel nicht unnötig aufzuregen. James Mason ging um den Wagen herum und guckte durch die Seitenscheibe. Jetzt sah er den Mann, der sich den Kopf hielt und ihn verwirrt anstarrte.

„Sein Auto ist unweit von hier ins Schleudern gekommen. Vielleicht ein kleiner Schwächeanfall?" Sie zuckte mit den Schultern, denn sie wusste nicht, ob sie ihm den wahren Grund dafür sagen sollte.

„Du hättest auf jeden Fall Dr. Carrington rufen sollen, Jess. Ich meine, zur Sicherheit!" Natürlich war Onkel James der starke Alkoholgeruch nicht verborgen geblieben, als er die Beifahrertür öffnete. Den Rest konnte er sich selbst zusammen reimen. Er verstand die Angst des Mannes sehr gut, denn er wurde selbst vor Jahren aufgrund von Alkoholgenuss in einen Unfall verwickelt. Da hatte man immer die schlechteren Karten. Er seufzte. „Es sieht zwar auf den ersten Blick nicht allzu schlimm aus, aber bringen wir ihn erst einmal hinein und überlegen dann, was wir tun!" Sie stützten den Mann, der noch immer einen verwirrten Eindruck machte und schleppten ihn ins Wohnzimmer. Dort legten sie ihn auf die Couch. Der Fremde warf Jess einen Blick zu, den sie sofort verstand, dann schlief er ein.

Jess zog James Mason beiseite: „Onkel James, er …, er möchte auf keinen Fall, dass wir jemanden davon in Kenntnis setzen!" Sie nickte ihrem Onkel beschwichtigend zu. James legte die Stirn in Falten und haderte mit seinem Gewissen. Es war zwar einerseits unverantwortlich, aber …
„Na gut, belassen wir es, wie es ist. Er kann die Nacht im Gästezimmer verbringen. Morgen werden wir sehen, wie es ihm geht. Ich hoffe, er wird aus dem Vorfall seine Lehren ziehen!"
„Das hoffe ich auch!" Jess ließ ihren Blick über den Körper des Mannes gleiten, der reglos auf der Couch lag. Er war groß und schlank und mit geschlossenen Lidern hatte er sogar etwas Niedliches an sich. Seine geschwungenen Lippen waren leicht

geöffnet. Dann begann er zu blinzeln und reckte sich.

„Bring ihn nach oben, Jess. Danach essen wir erst einmal. Leider ist das Gericht nicht mehr ganz so frisch. Durch deine Verspätung musste ich es einige Zeit warm halten. Aber du konntest ja nichts dafür." Er schenkte ihr ein väterliches Lächeln. Onkel James war froh, dass Jess sich damals spontan bereit erklärte, zu ihm ins Haus zu ziehen, nachdem seine Frau Margaret verstorben war und er selbst wenig später einen Herzinfarkt erlitten hatte. Da Jess sich zu dieser Zeit ein WG-Zimmer in New York City mit ihrer Freundin Sherry teilte und diese in Kürze sowieso ausziehen wollte, machte es für beide Frauen Sinn, das Zimmer aufzugeben.

„Ich werde einstweilen nach dem Essen sehen. Schaffst du es alleine, ihn hochzu-bringen?", fragte James mit einiger Skepsis.

„Klar, ich muss ihn ja nicht hinauftragen. Treppensteigen kann er wohl. Ach, Onkel James, wärst du so lieb und würdest noch sein Gepäck aus dem Wagen holen? Und Matt anrufen, dass sie einen Abschlepp-wagen an die Stelle schicken. Alleine schafft es der Wagen sicher nicht mehr aus dem Graben."

„Sonst noch etwas zu tun?", raunte James leicht missmutig. Was konnte er dafür, dass ein Betrunkener in den Graben fuhr und seine Nichte zufällig vorbeikam. So war zumindest seine Vorstellung von der Geschichte. Jess tätschelte seine Wange.

„Danke, Onkel James! Du bist der Beste!" Sie gab ihm ihren Autoschlüssel. James drehte ihr den Rücken zu und murmelte etwas Unverständliches vor sich hin, während er in die Küche ging.

Der Fremde hatte sich inzwischen aufgerichtet und stierte ziellos ins Leere. „Können Sie aufstehen? Ich werde Sie nach oben bringen. Dort befindet sich ein Gästezimmer." Der Mann erhob sich ächzend. Jess nahm ihn am Arm und führte ihn die Stufen zum Obergeschoss hinauf. Er ließ sich sofort auf das Bett im Gästezimmer fallen, fasste sich stöhnend an den Kopf und schlief gleich wieder ein.

„Was Alkoholmissbrauch mit einem Menschen anrichten kann", ging es Jess durch den Kopf, während sie ihm seine eleganten Slipper auszog. Sie deckte ihn vorsichtig zu und betrachtete ihn. Wo er wohl herkam? Seine Kleidung und auch die Schuhe wirkten teuer und man sah ihnen an, dass sie schon eine Weile getragen wurden.

Seine harten Gesichtszüge verrieten, dass er einiges hinter sich haben musste. Irgendwie tat er Jess ein wenig Leid.

Jess lehnte die Tür des Gästezimmers an und ging wieder hinunter, nachdem sie Onkel James die Haustüre abschließen gehört hatte. Sie sah, wie er die Reisetasche des Fremden auf den Boden in der Diele stellte.
„Alles klar?", fragte er stirnrunzelnd.
„Er schläft", beruhigte sie ihren Onkel. „Er hat sich sofort auf das Bett gelegt, ich habe ihm anschließend nur noch seine Schuhe ausgezogen, die im Übrigen teure Markenschuhe sind."

„Aha", raunte James und kratzte sich am Kopf. Sein Blick fiel auf die Tasche. Teures Gepäck, teurer Wagen, elegant gekleideter Insasse. Und dann so ein Fauxpas. Das passte irgendwie nicht zusammen.
„Mich würde ja schon interessieren, was in seiner Tasche steckt!", knurrte er mit verächtlichem Blick auf das lederne Stück. Jess sah ihren Onkel ungläubig an. „Wir werden diese Tasche NICHT öffnen! Außerdem ist Schnüffeln nicht meine Art!", ergänzte sie mit schnippischem Unterton.
„Also, das sehe ich ein bisschen anders, meine Liebe! Schließlich haben wir die ganze

Nacht einen wildfremden Menschen in unserem Haus. Wer weiß, was der angestellt hat? Vielleicht ist er ja auf der Flucht? Ein Verbrecher?"

„Mein Gott, Onkel James! Bleib locker! Nicht jeder, der betrunken Auto fährt und im Graben landet, muss gleich ein Gauner sein!" Sie schüttelte verständnislos den Kopf.

James Mason zuckte mit den Schultern. „Ich sehe nach dem Essen. Würdest dann du Matt Bescheid geben? Ich kann mich schließlich nicht zweiteilen." Er grinste.

„Mach' ich. In fünf Minuten bin ich soweit", rief Jess und trug die geheimnisvolle Tasche nach oben. Sie ging auf Zehenspitzen ins Zimmer und stellte sie neben das Bett. Der Mann schnarchte. Er schien tief zu schlafen. Zwei Minuten später drückte sie Matts Nummer auf dem Handy.

„Hi, Matt! Sorry, wenn ich dich im wohlverdienten Feierabend störe. Aber könntest du vielleicht noch bei der Werkstatt, in der du nebenher arbeitest, wegen eines Abschleppwagens fragen. In der Nähe unseres Hauses ist einer in den Graben gefahren. Dem Fahrer geht es soweit gut, er hält sich momentan bei uns auf. Aber ohne fremde Hilfe bekommt man den Wagen wohl nicht mehr auf die Straße. Das können die aber auch noch morgen machen. Ich dachte nur, ich rufe dich gleich an, weil ..."

„Schon gut", unterbrach Matt sie mürrisch. Jess bekam ein schlechtes Gewissen und sah auf die Uhr. Es war kurz vor Acht.

„Wäre super lieb von dir, wenn du dich kümmerst!", schmeichelte sie.

„Okay, versprochen! Wie könnte ich dir auch nur einen Wunsch abschlagen ...!" Jess sah seinen süßsauren Ausdruck im Gesicht nicht. Seine Gefühle für sie waren tiefer, als er sich eingestehen wollte. Leider deutete bisher alles darauf hin, als wären diese von einseitiger Natur.

„Vielen Dank, Matt!", säuselte Jess und atmete auf. Beruhigt steckte sie ihr Handy in die Tasche und ging hinunter.

Kapitel 2

Stranger in the night

„Jessica? Jess?"Onkel James' Stimme hallte ungeduldig durchs Treppenhaus. „Würdest du nun zum Essen kommen?"

„Schon unterwegs!" Jess nahm zwei Stufen auf einmal und wäre auf den glatten Steinstufen beinahe abgerutscht. Im letzten Moment hielt sie sich am Geländer fest.

„Lecker! Deine Seezunge schmeckt himmlisch, Onkel James!" Jess kriegte sich gar nicht mehr ein und strich dem alten Herrn liebevoll über sein schütteres, graues Haar.

„Konntest du Matt erreichen?", fragte er kauend und langte nach einer weiteren Portion Reis. Jess nickte. Sie hatte eben ihr Glas Weißwein zum Mund geführt und stellte es unverrichteter Dinge wieder auf den Tisch. „Er kümmert sich darum, heute klappt es aber wohl nicht mehr."

„Hm", brummte James halbwegs zufrieden und nippte nun seinerseits am Chardonnay. „Dann hoffe ich, es ist alles legitim. Ich meine, die Sache mit dem Auto." Jess sah ihn fragend an.

„Nun guck nicht so. Schließlich könnte der Wagen ja auch gestohlen sein, nicht wahr?"

„Ach, Onkel James, du guckst zu viele Krimis! Dieser Mann macht mir nicht gerade den Eindruck, als wäre er ein Autodieb."

„Vielleicht sollten wir die Polizei einschalten?", murmelte James und setzte sein Glas ab. Dezent wischte er sich mit dem Handrücken über die Lippen.

„Das werden wir NICHT tun!" Jess unterstrich ihre Aussage mit einer eindeutigen Handbewegung. „Ich denke, es wird sich sicher bald aufklären, was es mit ihm auf sich hat." Jess wunderte sich selbst über ihre Worte. Sie war überzeugt, dass es sich bei dem Fremden um einen integren Menschen handelte, der aus irgendeinem Grund einen über den Durst getrunken und sich danach dummerweise ans Steuer gesetzt hatte. Man würde sehen, dachte sie.

„Wie war dein Tag?", fragte James, um ihren Anweisungen Folge zu leisten.

„Erfolgreich! Ich wollte es dir ja längst erzählen: Stell dir vor, Jayden hat mein Bild in seinen Räumen aufgehängt. Er war begeistert von meiner letzten Arbeit, die Skyline von Manhattan. Erinnerst du dich?"

„Klar erinnere ich mich, meine Kleine!" Jess hasste es, wenn er sie mit *Kleine* ansprach. Sie fühlte sich mit ihren Fünfundzwanzig absolut nicht mehr klein.

„Ich habe dir ja immer gesagt, du bist eine begabte Malerin. Das Talent hast du von meiner Schwester, deiner seligen Mum, geerbt. Sie hatte leider zeitlebens nichts daraus gemacht. Schade. Nun ist es zu spät …" Onkel James senkte die Lieder. Jess wurde plötzlich sehr traurig.

„Ja", stammelte sie mit erstickter Stimme. Vielleicht sollte ich das fortführen, was ihr nicht mehr möglich war?, dachte Jess, verkniff sich eine Träne und würgte den letzten Bissen hinunter.

James erhob sich kurz darauf. „Ich werde noch einen Spaziergang zur Uferpromenade machen." Er rieb sich den Bauch. „Zur Verdauung!" Aber nicht nur deswegen. James wollte seinen Kopf frei kriegen. Zu nah gingen ihm noch die Ereignisse der Vergangenheit. Zwei Todesfälle und ein Herzinfarkt innerhalb drei Jahren waren heftig. Manchmal wusste er nicht, wie er das alles verarbeiten sollte. Er hatte seine Schwester Catherine sehr geliebt, wie auch seine Frau Margaret, die kurz vor James' Herzinfarkt an Krebs gestorben war. Catherine konnte

31

ihren fünfzigsten Geburtstag nicht mehr erleben. Ein furchtbarer Surfunfall hatte sie das Leben gekostet. James seufzte tief. Er presste die Lippen zusammen. Es war in der ersten Zeit nicht leicht gewesen …

Mit gebeugtem Haupt verließ der drahtige, alte Mann sein Haus, um in Richtung Yachthafen zu marschieren. Die Seeluft und die abendliche Ruhe taten ihm gut und Jess würde mit dem Besucher hoffentlich klar kommen. Der würde ohnehin erst seinen Rausch ausschlafen. Von ihm drohte im Moment keine Gefahr.

* * *

Der Morgen graute. Jess streckte sich und stand auf. Sie ging zur Zimmertür und horchte. Aus der Küche hörte sie klappernde Geräusche. Onkel James war wohl schon auf. Sie zog ihren Jogginganzug über und spähte auf den Gang. Die Tür des Zimmers, in dem der Fremde untergebracht war, war geschlossen. Sie lauschte, konnte aber nichts hören. Es war kurz nach sieben.
Anscheinend schlief er noch. Jess beschloss, erst einmal eine Dusche zu nehmen.

Eine gute halbe Stunde später trat sie angezogen und gestylt aus der Badezimmertür
und wäre fast mit ihm zusammengestoßen.

„Entschuldigen Sie!", lallte der Mann. „Ich …
dürfte ich, wo ist denn hier die Toilette?" Er
sah sie aus zusammengekniffenen Augen
hilflos an und fasste sich an den Kopf. „Wo
bin ich hier überhaupt?" Anscheinend hatte
er einen Filmriss gehabt. „Ah – jetzt weiß
ich's wieder … Sie waren die nette Dame, die
mich her gebracht hat, stimmt's?" Er brachte
ein mühsames Lächeln zustande.

„Guten Morgen! Wie geht es Ihnen?",
begann Jess unverfänglich das Gespräch,
denn in dem diffusen Dielenlicht wirkte er
nun in der Tat etwas angsteinflößend.

„Mein Kopf brummt ziemlich. Und ich habe
gestern wohl auch etwas zu viel Alkohol
getrunken", gab er beschämt zu.

„Sonst wären Sie bestimmt nicht in den
Graben gefahren, denn dann hätten Sie mich
rechtzeitig gesehen!", klärte Jess ihn auf.

„Die Toilette ist übrigens hier!" Jess deutete
auf die Tür am Ende des Ganges. „Und wenn
Sie möchten, mache ich Ihnen noch ein Früh-

stück." Er sah sie erst zweifelnd an, dann nickte er. „Ich möchte Ihnen keinesfalls Umstände machen. Vielleicht ein Glas Wasser und eine Tasse Kaffee? Wenn das möglich wäre?" Die Art, wie er sie ansah, löste in Jess eine eigenartige Unruhe aus. Ihr Herz begann zu klopfen und sie hatte das Gefühl, zu erröten. Schnell wandte sie ihren Kopf ab. „Das ist wirklich …, wirklich kein Problem. Ich richte Ihnen natürlich auch eine Kleinigkeit zum Essen her. Sie finden mich in der Küche." Jess beeilte sich, dieser eigenartigen Situation zu entkommen, die sie gerade nicht ganz im Griff hatte.

„Er sieht gut aus! Er sieht verdammt gut aus!", dachte sie verwirrt und beeilte sich, die Treppe hinunter zu kommen. Sie sah James im Bademantel ins Ankleidezimmer huschen und hauchte ihm einen Guten-Morgen-Gruß entgegen.

„Unser Mann ist wach und möchte Kaffee", rief sie ihm zu, aber er hörte es nicht mehr. Jess hatte noch immer ein Grinsen im Gesicht, während sie die Kaffeemaschine anwarf und den Wassersprudler betätigte. Sie zapfte ein frisches, prickelndes Glas Wasser ab. Irgendetwas war mit ihr geschehen. Beschwingt stellte sie alles, was nötig war, auf den Tisch.

Als sie die Schritte des Fremden auf den Stufen hörte, holte sie tief Luft und versuchte, cool zu bleiben. Kurz darauf erschien erst sein Kopf, dann der Rest von ihm in der Küchentür. Er murmelte nochmals etwas, das wie *guten Morgen* klang. Er schien vorhin noch nicht ganz bei sich gewesen zu sein, dachte Jess und sah ihn aus dem Augenwinkel heraus an. Seine Beule war zurückgegangen. Gut, dass sie ihm gestern Abend noch Gel und einen kalten Waschlappen darauf gelegt hatte.

Der Mann ließ seinen Blick über den bereits gedeckten Tisch schweifen und meinte zögernd: „Es ist außer Ihnen und mir keiner beteiligt gewesen, oder?"

Jess lächelte. „Keine Sorge. Auch Ihr Wagen ist augenscheinlich nicht schlimm beschädigt. Ich habe bereits in einer Werkstatt Bescheid gegeben. Man wird ihn in den nächsten Stunden heraus ziehen."

„Das war sehr nett von Ihnen, danke!" Er war sichtlich beruhigt. Die ganze Angelegenheit war ihm trotzdem mehr als peinlich. „Dann hoffe ich, es sind tatsächlich keine größeren Reparaturen vonnöten." Er kratzte sich am Kopf, schien nachzudenken.

Jess schenkte Kaffee ein. Dabei kam sie ihm nahe und roch sein Aftershave. Es war herb und hatte eine holzige Note. Aber es passte zu ihm, der auf Jess einen fast verwegenen Eindruck machte. Vielleicht war es das, was sie an ihm interessant fand. Seine Finger zitterten, als er die Tasse zum Mund führte. Sie stellte ihm Milch und Zucker hin. Er lehnte ab. „Nur schwarz!", meinte er knapp.

„Ich heiße übrigens Jessica. Jessica Blair. Aber nennen Sie mich einfach Jess." Sie hielt ihm die rechte Hand hin.

„Taylor Johnson", stellte er sich vor. Der Name klang wie Balsam.

„Freut mich!", entgegnete sie und hielt ihm den Teller mit Wurst hin. „Möchten Sie nichts essen? Sie sehen aus, als könnten Sie eine Kleinigkeit gebrauchen." Er zögerte, dann nahm er einen Toast und eine Scheibe Schinken dazu. Jess beobachtete ihn unauffällig. Er verschlang hastig sein belegtes Brot.

„Wollen Sie mir ein bisschen von Ihnen verraten?", begann Jess nach einer Weile, während sie ihr Brötchen mit einem Löffel Erdnussbutter bestrich. Taylor Johnson stockte, dann kaute er in monotoner Art weiter.

„Nun, was würden Sie gern von mir

wissen?", hakte er nach und wischte sich einen Brotkrümel aus dem Mundwinkel. Jess rollte die Augen.

„Zum Beispiel würde ich gerne den Grund Ihrer wohl stark alkoholisierten Fahrt erfahren, da es mich ja in gewisser Weise auch betroffen hat." Er schwieg erst, dann musterte er sie und seine Miene verfinsterte sich.

„Das geht Sie nun wirklich nichts an!", lautete seine Antwort eindeutig. Okay, dachte Jess und versuchte, vom Thema abzulenken.

„Wie geht es ihrem Kopf? Ich meine, dem Hämatom? Möchten Sie nicht doch einen Arzt konsultieren? Gestern konnte ich Sie ja nicht davon überzeugen. Es wäre sicher nicht verkehrt."

„Nein. Es ist meine Angelegenheit und außerdem nicht so schlimm, wie es für Sie aussehen mag. Ich bin ganz andere Sachen gewohnt." Sein Gesicht wirkte verschlossen und traurig. „Ich werde jetzt meine Sachen packen und gehen. Ich möchte ihre Gastfreundschaft nicht länger strapazieren. Es tut mir sehr leid, was passiert ist." Taylor Johnson stand auf, nahm sein Geschirr und das Besteck und wollte es in die Küche tragen.

„Lassen Sie es, ich mache das schon!" Jess stellte sich ihm in den Weg. „Und was wird aus Ihrem Wagen? Den brauchen Sie ja auch!"

In dem Moment piepte das Smartphone. Jess fischte es aus ihrer Umhängetasche, in der es noch steckte und nahm das Gespräch an.

„Die Werkstatt!", flüsterte sie. Er hob aufmerksam die Augenbrauen.

„Der Fahrer des Wagens? Mr. Johnson? Nein, er ist … Er ist … gerade hier. Vielleicht möchten Sie selbst mit ihm sprechen? Einen Augenblick …" Jess reichte Taylor, der an ihren Lippen hing, das Handy.

Seiner Miene nach gab es wider Erwarten Schwierigkeiten. Sein Blick war konzentriert zur Decke gerichtet.

„Die Aufhängung des linken Vorderrades ist gebrochen? - Bullshit!", entfuhr es ihm und er wippte nervös mit dem Fuß.

„Sie können das nicht gleich reparieren? Das ist schlecht." Taylor Johnson stand auf und ging im Zimmer auf und ab. „Ja, natürlich sollen Sie den Wagen wieder in Ordnung bringen! Und das möglichst bald. Ich sitze hier fest. Nein, mir ist nicht viel passiert. Nicht der Rede wert." Er strich prüfend über seine Stirn.

„Gut, dann besorgen Sie die Ersatzteile, so schnell es geht. Ich sehe sonst keine vernünftige Alternative." Er nickte. „Und sagen Sie mir Bescheid, wenn es Probleme mit der Beschaffung gibt." Er gab Jess das Smartphone zurück. „Danke!", raunte er leise und kniff die Lippen zusammen.

„Und nun?", fragte Jess vorsichtig, nachdem Taylor sich länger in Schweigen gehüllt hatte.

Er zuckte mit den Schultern. „Ich werde warten müssen, bis der Wagen repariert ist. Das kann eine Weile dauern, sie haben die nötigen Ersatzteile nicht auf Lager und müssen sie bestellen."

„Möchten Sie vielleicht ein Glas Orangensaft oder Wasser?", fragte Jess aus Verlegenheit, denn wenn er noch nicht abfahren konnte, musste er wohl hier im Haus bleiben. Oder in ein Hotel gehen … Jess merkte, dass die zweite Möglichkeit sich für sie nicht so gut anfühlte. Taylor lehnte dankend ab.

„Leben Sie alleine hier?" Nun war er es, der Fragen stellte.

„Nein, das Haus wäre ein bisschen zu groß

für eine Person. Ich lebe mit meinem Onkel hier. Das Haus gehört ihm. Seit er nach dem Tod seiner Frau einen Herzinfarkt erlitten hatte, geht es ihm nicht besonders gut. Ich habe mich vor einiger Zeit daher ent-schlossen, bei ihm einzuziehen und ihn zu unterstützen. So hat jeder etwas davon. Ich spare mir die Miete und er fühlt sich sicherer, weil er nicht alleine ist, falls etwas wäre."

„Perfekter deal!", murmelte Taylor. Jess lächelte gekünstelt: „So könnte man es auch ausdrücken. Ich würde es eher als Nächsten-liebe bezeichnen. Aber das ist wohl Ansichts-sache."

„Kommen Sie, ich möchte Ihnen etwas zeigen!" Da er nun eine Weile auf sein Auto würde warten müssen, hatte Jess die Idee, ihm ein paar ihrer Bilder zu zeigen. Neugierig geworden, folgte Taylor ihr in einen Raum im Dachgeschoss. An der Giebelseite des Hauses befand sich ein Doppelfenster, vor dem ein großer Tisch mit Farbtuben und Pinseln in verschiedenen Stärken und daneben eine Staffelei standen.

„Mein Atelier!", erklärte Jess stolz.

„Sie malen?" Er trat einen Schritt näher und besah sich ihre Entwürfe. Er schien interessiert zu sein.

„Sehr schöne Arbeiten!", meinte er bewundernd.

„Da meine Zeit begrenzt ist, male ich nur in meiner Freizeit. Außerdem stelle ich von Zeit zu Zeit auch im hiesigen Kunsthaus aus."

„Wo haben Sie das gelernt?", fragte er atemlos, nachdem er alle Bilder eingehend betrachtet hatte.

„Ich habe Grafikdesign studiert", gab Jess an. Ich wollte mich danach in New York City niederlassen, dann kam der Surfunfall meiner Mutter ...." Sie brach ab.

Taylors Gesichtsausdruck wechselte von Begeisterung zu Bestürztheit. „Ist sie ...?" Jess nickte tonlos.

„Das ..., das tut mir sehr leid für Sie." Er fragte nicht weiter. Am liebsten hätte er die junge Frau fest in die Arme genommen und gedrückt. Sie war eine nette, sympathische Person, dachte er und sie hatte ihn ganz unkonventionell bei sich aufgenommen. Einfach so, ohne zu wissen, woher er kam oder wer er war. Sein Blick streifte an ihr entlang. Jess war eine überaus attraktive Frau. Seltsam, dass ihm das erst jetzt auffiel.

„Sie sind sehr talentiert, soweit ich es beurteilen kann." Seine Worte schmeichelten Jess und sie begann, sich mehr und mehr in der Anwesenheit dieses charismatischen Mannes, der noch dazu ihr Typ war, wohl zu fühlen. Er hatte etwas Dominantes an sich, dennoch kam er ihr gehetzt, ja beinahe verängstigt vor. Aber was wusste sie wirklich über ihn? Warum hatte er sich betrunken ans Steuer gesetzt? Oder trank er regelmäßig und es war nicht seine erste Fahrt dieser Art? Jess verdrängte den Gedanken schnell wieder. Sicher war etwas Außergewöhnliches vorgefallen, das ihn zu dieser Dummheit veranlasste.

„Wie wäre es, wenn ich Sie malen würde? Natürlich nur, wenn Sie einverstanden sind. Ich würde gerne ein Portrait von Ihnen anfertigen." Taylor zuckte zurück und Jess hoffte, ihm mit ihrem Wunsch nicht zu nahe getreten zu sein. Sie spürte, wie ihr die Schamesröte ins Gesicht stieg.

„Nun ja, wenn mein Gesicht das hergibt", antwortete er schließlich mit funkelnden Augen. „Wäre mal interessant. Bisher hat mich noch niemand gemalt. Und schon gar keine so hübsche Frau wie Sie." Jess lächelte verlegen.

„Danke für das Kompliment. Ich werde mich

bemühen. Im Übrigen ist jedes Gesicht so einzigartig, dass es immer wert ist, gemalt zu werden."

Jess fiel es nicht schwer, die markanten Gesichtszüge, die tiefen, dunklen Augen, das dichte, leicht gewellte Haar und den schön geschwungenen Mund aufs Papier zu bannen. Mit jedem Pinselstrich stieg ihr Puls. Mit jedem Blick, mit dem sie ihn streifte, wurde ihr wärmer. Sie streifte die Ärmel ihres Pullovers zurück.

„Sehr anstrengend?", merkte Taylor an, dem ihre Erregung nicht entgangen war.

„Nein, nein", beschwichtigte Jess. „Ich bin fast fertig. Sie dürfen gespannt sein!"

Das Malen ging ihr heute flott von der Hand und sie war bald fertig. Aufgeregt drehte sie die Staffelei herum und zeigte Taylor das Bild. „Wow! Es ist perfekt!" Er schüttelte ungläubig den Kopf und über Jess' Gesicht huschte ein Siegerlächeln.

„Es gefällt Ihnen also?", fragte sie mit dosierter Zurückhaltung.

„Gefallen? Ich würde sagen, besser geht es gar nicht! Darf ich es Ihnen abkaufen?"

Jess schüttelte energisch den Kopf. „Ich

schenke es Ihnen!" Sie nahm das Bild ab und gab es in einen Umschlag.

„Haben Sie vielen Dank! Aber ich hätte wirklich dafür bezahlt!" Er schürzte die Lippen.

„Schon gut!", beschwichtigte Jess und räumte ihre Malutensilien beiseite.

„Können Sie eigentlich davon leben?", fragte Taylor etwas verschämt und ließ seinen Blick erneut über ihre Arbeiten, die zum Teil noch unfertig waren, schweifen.

„Es wäre schön, wenn es mir eines Tages gelingt", meinte Jess hoffnungsvoll. „Momentan verdiene ich mein Geld an der Rezeption im Sea Crest Hotel. Außerdem arbeite ich als Coverdesigner für Autoren.

„Gut Ding braucht Weile. Rom ist auch nicht an einem Tag erbaut worden", ermutigte er Jess und klopfte ihr auf die Schulter.

„Ist Ihr werter Onkel denn auch da? Ich würde gern ein paar Worte mit ihm wechseln."

„Er ist einkaufen gefahren. Aber er wird sicher bald zurück sein." Jess sah auf ihre Armbanduhr.

„Es ist sehr schön hier", begann er, während er seinen Blick aus dem großen Fenster schweifen ließ.

„Ja. Auch ich habe diese Gegend lieben gelernt. Waren Sie denn schon einmal hier?", Jess hoffte, mit dieser Frage ein bisschen etwas aus ihm heraus kitzeln zu können.

„Vor langer Zeit." Er winkte ab. „Aber es ist tatsächlich schon über zwei Jahrzehnte her. Ich war fast noch ein Kind. Ich habe mit meinen Eltern Urlaub gemacht und glaube, es war in der Nähe des Montauk-Point-Leuchtturms an der Ostspitze der Insel." Jess' Augen begannen zu leuchten.

„Ja, dort ist es wunderbar. Zum Abschalten fahre ich auch öfter mal hin." Taylor starrte eine Zeitlang ziellos durch die Fensterscheibe und es hatte den Anschein, als drifteten seine Gedanken weit zurück. Er wirkte ein bisschen deprimiert und Jess hätte ihm am liebsten tröstend die Hand auf seine Schulter gelegt, obwohl sie nicht wusste, was in ihm vorging. Manchmal war es wohl so, dass einem Menschen sehr nahe gingen, obwohl man sie überhaupt nicht kannte. Jess seufzte leise. Taylor wandte sich zu ihr um.
„Entschuldigen Sie, ich war wohl gerade sehr

in Gedanken vertieft."

„Sie brauchen sich nicht zu entschuldigen. Gedanken fragen nicht, ob sie kommen dürfen. Sie sind einfach da und manchmal muss man es auch zulassen." Jess versuchte, entspannt zu lächeln, doch in ihr war alles höchst konzentriert.

„Ja, vielleicht haben Sie Recht", meinte er.

„Jedenfalls möchte ich das Leben hier in diesem viertausend-Seelen-Nest keinesfalls mehr mit dem aufreibenden Leben in der Stadt tauschen. Ganz zu schweigen von der guten Seeluft …!"

„Ich habe mein bisheriges Leben aus-schließlich in Städten gewohnt", entgegnete Taylor.

„Woher kommen Sie denn, wenn ich fragen darf?" Jess nahm ihren ganzen Mut zu-sammen, um die Frage über ihre Lippen zu bringen.

„Aus Charlotte, North Carolina", erklärte er hölzern.

„Und in diesem Zustand sind Sie eine so weite Strecke gefahren? Unglaublich!"

„Nur die letzte Etappe! Die zwei Bier an der Tankstelle kurz vor Long Island hätte ich wohl nicht trinken sollen. Ich hatte tatsächlich großes Glück, dass nichts Schlimmeres passiert ist!", meinte er zerknirscht.

„Sehr großes Glück", fügte Jess hinzu. „Wenn Sie das nicht zur Gewohnheit machen ..." Es sollte ein Scherz sein. Taylor aber brachte nur ein schiefes Lächeln zustande.

„Gewiss nicht! Im Übrigen braucht eine junge Frau wie Sie sich darüber wirklich nicht den Kopf zu zerbrechen. Ich bin nur ein Fremder, der Ihnen große Unannehmlichkeiten bereitet und Ihre Gastfreundschaft ohnehin viel zu lange in Anspruch genommen hat." Das klang traurig, stellte Jess fest und die Wahrscheinlichkeit, dass Taylor bald wieder aus ihrem Leben verschwunden sein würde, löste Unbehagen in ihr aus.

„Es ist ja nochmal gut ausgegangen!", erwiderte sie beschwichtigend. Kurz darauf hörten sie Geräusche aus dem Erdgeschoss.

„Onkel James ist zurück. Kommen Sie." Sie ging voraus und Taylor folgte ihr in einigem Abstand die Stufen hinunter.

„Onkel James – Taylor Johnson. Taylor – James Mason." Jess machte die beiden bekannt. Taylor entschuldigte sich auch bei ihm für die Unannehmlichkeiten und meinte zerknirscht: „Der Wagen ist leider stärker beschädigt, als ich angenommen hatte."

„Und das bedeutet?", fragte James.

„Es bedeutet, dass ich hier noch eine Weile festsitzen werde", erklärte Taylor mit ausdruckslosen Gesichtszügen.

„Falls Sie etwas zu erledigen haben, ich könnte Sie auch hinfahren", bot Jess hastig an. Sie sah es als eine Chance, Taylors Anwesenheit noch etwas zu verlängern.

„Danke, Jess", lehnte er freundlich ab. „Ursprünglich wollte ich nur ein paar Tage Urlaub auf Long Island machen. Aber nun werde ich mir wohl ein Hotel oder eine Pension im Ort nehmen, bis der Wagen wieder fahrbereit ist."

„Aber Sie könnten auch bei uns bleiben. Wir haben genug Platz im Haus und das Zimmer oben steht sowieso leer. Ich habe schon länger mit dem Gedanken gespielt, das ganze Obergeschoss zu vermieten. Wissen Sie, seit meine Frau nicht mehr ist …" Taylor senkte betrübt den Blick. Jess wunderte sich im ersten Moment über das Angebot ihres Onkels, der normalerweise ein misstrauischer Mensch war. Seit dem Tod von Tante Margaret hatte er sich in vielerlei Hinsicht verändert. Und von der Sache mit der Untervermietung hatte er tatsächlich vor einiger Zeit gesprochen, erinnerte sich Jess.

„Natürlich, das wäre die einfachste Lösung", warf sie hoffnungsfroh ein. Sie wollte diesen Mann nicht so einfach gehen lassen. Auch wenn sie nicht wusste, wieso sie sich zu ihm, der aufgrund seiner Trunkenheitsfahrt ja sogar eine Straftat begangen hatte, so hingezogen fühlte. In dem Moment fiel ihr Matt ein. Sie wusste, dass er schon seit einiger Zeit auf sie stand. Doch so sehr sie auch suchte, sie fand in ihrem Herz keinen Platz für ihn. Es fühlte sich nur neutral an und sie konnte kein wärmendes Gefühl für den Jungen entwickeln. Jess mochte ihn, daran gab es keinen Zweifel. Von ihrer Seite aus würde aber nie mehr als ein freund-schaftliches Verhältnis entstehen können. Sie schluckte und merkte, dass sie Taylor die ganze Zeit angestarrt hatte.

„Jessica?", rief Onkel James stirnrunzelnd. Er nannte sie immer bei ihrem vollen Namen, wenn er in Sorge um sie war. „Was ist? Geht es dir nicht gut?", fragte er. „Nein, nein. Alles okay. Mir war nur gerade etwas schwindelig", log sie und spürte förmlich die Röte, die von ihrem Dekolleté bis ins Gesicht stieg.

„Ja, dann …" Taylor Johnson war sichtlich verlegen und wog das Angebot von Jess' Onkel ab. Auch er empfand die Nähe von Mr. Masons Nichte als wohltuend.

„Dann werde ich Ihr Angebot wohl nicht ausschlagen. Was werden Sie pro Tag verlangen?", fragte er unsicher, doch James Mason wiegelte ab.

„Am Preis soll es nicht scheitern. Das verhandeln wir, bevor Sie abreisen, einverstanden?" Taylor nickte zustimmend.

„Vielen Dank, Mr. Mason! Ich werde jetzt spazieren gehen und mir den Ort etwas näher ansehen. Als Kind war ich bereits einmal in dieser Gegend."

„In den letzten Jahren hat sich viel verändert. Montauk ist inzwischen zu einem Surfeldorado geworden. Das spürt man in allen Bereichen. Besuchen Sie mal die *Ditch Plains*, wenn Sie sich für Wellenreiten und dergleichen interessieren. Oder den Lake Montauk. Dort gibt es ein sehr schönes Restaurant mit Seeterrasse. Aber es ist trotzdem ein beschauliches Nest geblieben, im Gegensatz zu den Hamptons auf Long Island, die das Naherholungsgebiet für Wall-Street-Manager, Tummelplatz der Reichen und Schönen und der Brennpunkt eines überhitzten Immobilienmarktes sind. Wenn Sie wieder mobil sind, fahren Sie mal die Meadow-Lane am Südwest-Strand von Southampton entlang, die ist gesäumt mit riesigen Ferienvillen. Sie werden staunen!"

„Vielen Dank für die Tipps!" Taylor stimmte James begeistert zu, nahm seine Jacke und verabschiedete sich.

Kapitel 3

Jealous Guy

Matt hatte am darauffolgenden Sonntag das
dringende Bedürfnis, Jess zu besuchen. Ein
nagendes Gefühl der Eifersucht quälte ihn,
seitdem er es vor zwei Tagen von Emma
Baker erfahren hatte. Am frühen Nachmittag
stand er mit gemischten Gefühlen vor ihrer
Haustür und klingelte.

„Hi Jess, störe ich gerade oder …?" Er
versuchte, einen Blick in den Eingangsbereich zu erhaschen.

„Absolut nicht! Komm nur rein!" Sie machte
eine einladende Handbewegung und führte
ihn ins Esszimmer.

„Ist dein Onkel nicht da?", fragte er und
hoffte, es kam möglichst neutral herüber.
Er wollte nicht, dass Jess sein
Gemütszustand auffiel. Diese Frau brachte
ihn jedes Mal zum Schwitzen. Auch wenn sie
ihn immer wieder auf charmante Art ab-
blitzen ließ, wollte er es nicht aufgeben. Eines
Tages würde sie ihn schon noch erhören,

dachte er. Er musste nur hartnäckig bleiben.

Jess schüttelte den Kopf. „James ist mit Mr. Johnson unterwegs. Er wollte ihm die Hamptons zeigen, glaube ich. Sie sind mit Onkel James' Wagen unterwegs."

„Wohnt dieser Johnson immer noch bei euch?", fragte Matt missmutig. Mrs. Baker, die Chefin des Sea Crest Hotels, hatte ihm beiläufig davon erzählt, als er wegen einer anderen Sache das Hotel aufsuchte.

„Was ist daran so schlimm?" Jess verstand anhand seiner Mimik sofort, wie es gemeint war. Sie tat jedoch unbedarft.

„Naja, man nimmt normalerweise nicht einfach einen Fremden in seinem Haus auf! Er hätte ja auch in ein Hotel gehen können, nicht wahr?"

„Alle Pensionen und Hotels sind momentan ziemlich ausgebucht. Die Saison hat begonnen, aber das weißt du ja selbst am besten. Außerdem hatte Onkel James ohnehin schon seit einiger Zeit vor, die leerstehenden Räume im Obergeschoss an Feriengäste zu vermieten. Wo liegt also das Problem?"

Jess stellte sich stur, jedoch blieb ihr Matts

53

unterdrückte Eifersucht auf Taylor nicht verborgen und in gewisser Weise schmeichelte es ihr sogar. Matt war ein einfacher, geradliniger Mensch, der Schwierigkeiten hatte, sich zu verstellen. Er war zuverlässig und arbeitete hart in den beiden Jobs für sein Geld, das er hauptsächlich in Surfausrüstung investierte. Taylor hingegen umgab etwas Geheimnisvolles. Vielleicht lag es auch daran, dass er so unkompliziert mit allem umging, was passiert war. Auch die Kosten für die Reparatur seines Wagens, die nicht gerade billig war, schienen ihn nicht aus der Ruhe zu bringen. Er sprach nicht viel über sich. Jess konnte nur Vermutungen anstellen. Vielleicht war dieses Undurchsichtige an ihm aber genau das, was sie so anziehend, ja beinahe aufregend an ihm fand. Jess' Gedanken kehrten zu Matt zurück, der lässig die Arme verschränkt, auf einem der Esszimmerstühle saß.

„Kaffee?", fragte Jess höflich und ihre Augenpaare trafen sich für ein paar Sekunden.

Matt lehnte ab.

„Woher kommt der Kerl eigentlich?", begann er erneut.

„Aus Charlotte."

„North Carolina? Das ist ja ganz schön weit.
War er geschäftlich unterwegs?" Jess zuckte
mit den Schultern. Sie hatte Matt gegenüber
nichts von der alkoholisierten Fahrt erwähnt.
Wie es schien, wollte er unbedingt mehr über
den Fremden, der in seinen Augen einen
nicht zu unterschätzenden Rivalen darstellte,
herausbringen.

„Weißt du was? Frag' ihn einfach am besten
selbst!" Ich kann dir leider nicht viel über ihn
erzählen. Er spricht kaum von sich.

„Das finde ich ja gerade das Seltsame …",
fügte Matt mit hängenden Mundwinkeln
hinzu. Dann wechselte er das Thema.

„Hast du Lust, am Wochenende ins Kino zu
gehen?"

„Gerne. Was läuft denn?"

„Es ist der Film, den sie hier in Montauk
gedreht haben. Kannst du dich erinnern?
Letztes Jahr im Herbst, als wir den Fahrrad-
ausflug zum Lighthouse gemacht haben und
dort auf das Drehteam gestoßen sind?"

„Klar erinnere ich mich. Es war ein deutsches
Team, nicht wahr?"

„Richtig! Und dieser Film ist vor kurzem angelaufen."

„Wow! Und wie heißt er?"

„Rückkehr nach Montauk. Es ist ein Liebesdrama, soviel ich weiß."

„Den müssen wir uns unbedingt ansehen! Samstagabend?" Jess war begeistert.

In dem Moment wurde die Haustür geöffnet und Onkel James trat angeregt plaudernd mit Taylor Johnson herein.

„Hallo Jess! - Hi Matt! Lange nicht gesehen! Alles okay bei dir?" Onkel James klopfte dem Jungen freundschaftlich auf die Schulter.

„Wie immer!", antwortete Matt und taxierte Taylor, der auch ins Zimmer gekommen war, mit kritischem Blick.

„Matt – das ist Mr. Johnson, der Besitzer des abgeschleppten Wagens."

„Dachte ich mir fast", kam es wenig begeistert über die Lippen des Jungen und er begrüßte Taylor zurückhaltend, aber mit Handschlag.

„Ihr Wagen wird noch einige Zeit in Anspruch nehmen. Ich arbeite aushilfsweise in der Werkstatt. Sie sagen, dass es Lieferschwierigkeiten mit einem Ersatzteil gäbe. Sie müssen sich also noch etwas gedulden, bis Sie den Wagen wiederhaben können."

Taylor schürzte die Lippen. „Dann muss ich wohl noch warten." Er sah erst Jess, dann James fragend an. Der Onkel aber reagierte postwendend: „Wie ich bereits angedeutet habe, stellt es keinerlei Problem für uns dar. Sie können die Fertigstellung Ihres Wagens in Ruhe in unserem Hause abwarten." Er schenkte ihm ein einvernehmendes Lächeln. „Außerdem haben wir uns inzwischen ja schon ein bisschen kennen gelernt."

Taylor war beruhigt und warf erneut einen Blick zu Jess. Sie sah so süß aus in ihrem luftigen, hellblauen Kleid. Er schluckte und versuchte, seine Gedanken in geordnete Bahnen zu lenken. Er durfte sich keinesfalls seinen Gefühlen, die da aufkeimen wollten, hingeben. Zu viel stand auf dem Spiel.

„Sie werden auf jeden Fall sofort benachrichtigt, wenn alles erledigt ist, Mr. Johnson", fügte Matt hinzu. Dann stand er auf, verabschiedete sich und Jess brachte ihn zur Tür.

„Die Laienspieler unserer Gruppe haben Freitagabend wieder ein Meeting. Wäre schön, wenn du auch dabei sein könntest."

„Ich werde es versuchen, Matt. Hoffentlich komme ich rechtzeitig aus der Arbeit." Jess bedachte ihn mit einem freundschaftlichen Abschiedskuss auf die Wange. Sie hatte

Taylors prüfenden Blick nicht mitbekommen.

* * *

„Morgen, Emma!" Jess kam von hinten an die Rezeption, um ihren Dienst zu beginnen.

„Hi, Jess!", erwiderte Emma Baker wie immer gutgelaunt und perfekt gestylt. Als Chefin war sie eine Wucht. Pünktlichkeit und Ordnung standen zwar auf ihrer Anforderungsliste ganz oben, dafür sorgte sie sich um das Wohl jedes einzelnen Mitarbeiters und Jess machte die Arbeit im Hotel an ihrer Seite viel Spaß.

„Wie geht es eurem Gast?", fragte die Vierzigjährige nebenbei und trat einen Schritt zurück, um sich nach einem Aktenordner zu bücken.

„Ich denke, es passt für ihn. Er geht oft spazieren oder fährt mit dem Bus irgendwohin. Aber viel konnte ich aus ihm bisher nicht herausbringen, er scheint sehr introvertiert zu sein."

Emma nickte und plötzlich bildete sich auf ihrem Gesicht ein schalkhaftes Lächeln. Zu Jess geneigt, meinte sie leise: „Ich hatte das letzte Mal ein bisschen das Gefühl, dass Matt ein kleines Problem mit ihm hat ..."

„Ich weiß nicht, aber diese Vermutung hat sich mir auch schon aufgedrängt", gab Jess zu.

„Wenn es stimmt, dass er so attraktiv ist, wie ich gehört habe, wundert es mich auch nicht", ergänzte Emma und strich durch ihr hellblondes, kurz geschnittenes Haar. Da Jess nicht darauf reagierte, stellte sie ihr direkt die Frage: „Was sagst du denn zu ihm? Gefällt er dir?"

Jess fühlt sich in die Enge gedrängt. Ihre Gefühle für Taylor wollte sie lieber für sich behalten, noch dazu, wo sie kaum etwas über ihn wusste. Sie wollte es auf jeden Fall vermeiden, sich in irgendeiner Weise zu blamieren. Ihre Antwort auf die Frage ihrer Chefin fiel daher neutral aus.

„Nun ja, ich würde ihn schon als attraktiv bezeichnen, wobei Geschmäcker ja verschieden sind." Sie blickte Emma mit einem vielsagenden Grinsen an.

„Verstehe, du willst nicht damit herausrücken." Emma zwinkerte ihr wissend zu, aber Jess beantwortete ihre Frage nur mit einem Schulterzucken.

„Das Geschäft läuft momentan jedenfalls sehr gut. Dafür, dass die Saison erst begonnen hat, sind wir fast ausgebucht." Emma Baker hatte die entsprechende Datei in ihrem Computer geöffnet und ihr Gesichtsausdruck entspannte sich beim Blick auf den Bildschirm.

„Das ist sehr beruhigend und Grund genug, zufrieden zu sein", stimmte Jess gutgelaunt zu. Sie war froh, den Job im Sea Crest Hotel zu haben. Besser hätte sie es kaum treffen können.

„Im Übrigen könntest du Mr. Johnson auf unseren Fischspezialitätenabend aufmerksam machen. Vielleicht möchte er ja kommen und sich von unseren fangfrischen Delikatessen überzeugen." Emmas Glanz in den Augen war nicht zu übersehen, als sie Jess diesen Vorschlag machte.

„Gut. Ich werde es ihm sagen. Aber ich bin mir nicht sicher, ob er Fisch überhaupt mag", ergänzte sie.

„Das werden wir ja sehen. Weißt du, ich würde ihn einfach gerne einmal kennen-lernen. Damit ich weiß, mit wem eine meiner tüchtigsten Angestellten ihre freie Zeit so verbringt", lachte sie.

Jess warf ihr einen mörderischen Blick zu.
„Ich verbringe nicht meine Freizeit mit
ihm!", warf sie mit gespielter Empörung ein.
„Ich habe mich nur um einen Verletzten gekümmert und ihm bei ein paar Erledigungen
geholfen."

„Das ist sehr löblich!", erkannte Emma an.
„Ich weiß, du hast ein Herz für deine Mit-
menschen. Das schätze ich an dir, Liebes."

„Ansonsten weiß ich kaum etwas über ihn.
Hat er Familie? Ist er verheiratet? Wissen
seine Angehörigen, wo er ist? Ich habe mir
schon mehrmals diese Fragen gestellt, nur
wage ich nicht, ihn danach zu fragen. Eine
unnahbare Aura umgibt ihn und ich schaffe
es nicht, mich zu überwinden, ihn daraufhin
einfach anzusprechen."

Jess spürte, dass sie errötete und begann, ihre
Arbeit zu verrichten. Aus irgendeinem
Grund blickte sie plötzlich zum Eingang und
sah ihn auf einmal auf dem Parkplatz vor
dem Hotel stehen.

„Emma, ich glaube, du wirst Mr. Johnson
gleich kennenlernen …"

„Wie bitte, Schätzchen?" Die Chefin war in
ihren Terminkalender vertieft. Sie blickte
irritiert auf.

„Da! Er kommt gerade!" Jess deutete auf die bis zum Boden verglaste Front neben dem Eingang.

„Oh, mein Gott! Wieso kommt er denn jetzt?" Emma griff sich in die Haare und sprang auf. Nervös zupfte ihren engen, schwarzen Rock zurecht.

„Du wolltest ihn doch kennenlernen! Manchmal kommt die Gunst der Stunde schneller als man denkt", flüsterte Jess. Taylor hatte bereits den Hoteleingang durchquert, sah sich um und schlenderte auf die beiden zu.

„Mr. Johnson, was für eine Ehre! Hat Ihr heutiger Spaziergang Sie zu uns geführt?", begann Jess unverfänglich und begrüßte ihn, gleichzeitig spürte sie ihren Puls rasen. „Darf ich Ihnen Mrs. Baker, die Hotelinhaberin, vorstellen?"

Taylor reichte ihr die Hand. „Freut mich, Sie kennenzulernen, Ma'am."

„Jess hat mir schon viel von Ihnen erzählt", schwindelte Emma und zwinkerte Jess zu, die heftig erröte und eine Schnute zog.

„Bin ich so interessant?", fragte er und warf

Jess einen undefinierbaren Blick zu.

„Mr. Johnson, darf ich Sie zu einem Kaffee oder Prosecco einladen?" Emma versuchte, das Gespräch in eine andere Richtung zu lenken.

Taylor wandte den Kopf zu Jess. „Würden Sie mich später in ihrem Wagen mit nach Hause nehmen?"

„Gerne. In einer halben Stunde endet mein Dienst." Taylor war erleichtert über ihre Zusage. Daraufhin neigte er sich zu Emma und erklärte mit weltmännischer Gewandtheit: „Gut, dann nehme ich Ihr Angebot an, Mrs. Baker und würde mich über einen Prosecco freuen." Die beiden verschwanden kurz darauf in der Hotellounge. Jess sah ihnen mit gemischten Gefühlen nach und machte die Abrechnung für einige Hotelgäste fertig.

Jess sah auf die Uhr. Es waren genau dreißig Minuten vergangen, als Emma und Taylor sich angeregt unterhaltend der Hotelrezeption näherten. Er bedankte sich für den Prosecco und verabschiedete sich. „Vielleicht kann ich mich ja mal revanchieren", meinte er strahlend und seine akkurat stehenden Zähne blitzten.

„Ich warte draußen auf Sie, Miss Blair",
erklärte er anschließend und verließ das
Hotel.

Jess ordnete Stifte und Terminkalender und
räumte alles weg. Dann nahm sie ihre Tasche
und zog die Jacke über.

„Dieser Johnson ist schon etwas
geheimnisvoll. Aber nicht minder
interessant!", meinte Emma Baker und
fummelte an ihren Fingernägeln herum. Sie
bedachte Jess mit aufmerksamen Blicken.

„Ja. Er hat etwas Besonderes an sich. Aber
leider erzählt er nicht viel über sich. Ich habe
die Vermutung, es gibt etwas, über das er
nicht reden will." Jess seufzte und gab ein
wenig Pomade auf ihre Lippen.

„Er wollte hauptsächlich über dich etwas
wissen", entgegnete Emma grinsend.

„Ach ja?"

„Ja, und ich habe das Gefühl, er hat es auch
gar nicht so eilig, wieder nach Hause zu
kommen".

„Hm." Jess machte ein nachdenkliches
Gesicht. „Nun muss ich aber … Ich möchte
Mr. Johnson nicht zu lange warten lassen. Bis
morgen!" Jess beeilte sich, auf den

Angestelltenparkplatz in der Nähe des Hotels zu kommen.

„Entschuldigen Sie!", rief sie außer Atem. „Ich musste noch etwas klären." Jess öffnete die Beifahrertür, um ihn einsteigen zu lassen.

Er lächelte charmant. „Kein Problem. Ich habe Zeit."

Sie sah ihn skeptisch aus dem Augenwinkel heraus an und startete dann den Motor.

„Haben Sie denn niemanden, der zuhause auf Sie wartet?", sprudelte es ungewollt aus ihr heraus und sie hätte sie umgehend für ihre Neugier ohrfeigen können. Sie war innerlich ziemlich aufgewühlt und Taylors Nähe tat ihr Übriges. Zudem betörte sein Aftershave ihre Sinne in gehörigem Maße. Taylor bemerkte ihre Nervosität und fasste vorsichtig nach ihrer Hand. Sie war warm und ungewöhnlich weich. Jess presste die Lippen aufeinander und versuchte, ruhig zu atmen und sich auf den Verkehr zu konzentrieren. Eine Antwort auf ihre Frage blieb er ihr aber schuldig und starrte stattdessen gedankenverloren durch die Windschutzscheibe.

„Ich habe heute noch einen Termin, daher werde ich Sie vor unserem Haus absetzen und gleich weiterfahren", erklärte Jess leise und spürte, wie Taylor unmerklich zusammenzuckte. Sie überlegte kurz, dann kam ihr die Idee: „Aber vielleicht möchten Sie ja mitkommen? Wir haben im Ort eine Theatergruppe, für die ich beim Entwerfen des Bühnenbildes helfe."

„Tatsächlich?" Er schien interessiert zu sein. Dann schüttelte er den Kopf. „Ich glaube aber nicht, dass ich etwas Sinnvolles dazu beitragen kann." Er blickte wieder traurig aus dem Fenster.

„Woher wollen Sie das denn wissen? Kommen Sie einfach mit. Sie werden auf jeden Fall Spaß haben. Wir sind eine Gruppe netter, junger Leute und fast wie eine Familie. Es wird auch nicht allzu lange dauern. Wir müssen nur noch einmal die einzelnen Aufgabenbereiche durchgehen. Und vielleicht haben ja gerade *Sie* noch eine geniale Idee?" Jess lächelte zufrieden. Taylor aber zuckte unschlüssig mit den Schultern.

Kurz darauf kamen sie an einer dunkelbraun gestrichenen, großen Scheune an. Jess stellte den Wagen am Seitenstreifen ab. Taylor sah ungläubig aus dem Fenster. „Wir sind da! Aber wundern Sie sich nicht! Einige Leute aus dem Ort haben die Scheune vor einigen

66

Jahren erworben und sie zu einem kleinen Theater umgebaut."

Die beiden gingen über einen Grünstreifen zu einer doppelflügeligen Eingangstür. Als sie den Theaterraum betraten, herrschte reges Treiben. Jess entdeckte Matt, der sich mit einem jungen Mann wegen dem Ablauf einer bestimmten Szene unterhielt. Als er Jess zwischen den anderen ausmachte, huschte ein Lächeln über sein Gesicht, das aber im selben Augenblick, da er Taylor Johnson wahrnahm, zu Eis gefror.

„Hi, Jess. Hi, Mr. Johnson!", presste er hervor und versuchte, seine Enttäuschung zu verbergen. Taylor reichte ihm erstaunt die Hand.

„Das sieht ja richtig toll und professionell aus!" Taylor ließ seinen Blick durch den hohen Raum schweifen.

„Vielen Dank. Wir tun alles, um die Erwartungen unserer Zuschauer zu erfüllen und sind auch über helfende Hände froh. Ich meine, wenn Sie ..." Matt bemühte sich, freundlich zu sein.

„Lust hätte ich vielleicht schon, aber ich weiß nicht, wie lange ich in Montauk bleiben werde", meinte er nachdenklich.

„Vielleicht möchten Sie ja zumindest bei den Proben einmal anwesend sein?", fragte Jess mit Zurückhaltung.

„Sehr gerne. Was soll denn aufgeführt werden?"

„*An ordinary man's life*. Es ist ein gesellschaftskritisches Stück, das in einem Club im Manhattan der fünfziger Jahre spielt."

„Nicht schlecht. Das ist mal etwas ganz anderes als das übliche", meinte er beeindruckt.

„Kennen Sie das Stück?", fragte Matt scharf.

„Ich habe darüber gehört, gesehen habe ich es noch nicht."

„Es ist eine Art Drama und wir werden es sicher noch etwas an unsere Verhältnisse anpassen müssen", erklärte er kühl. Jess registrierte Matts unterdrückten Missmut und wurde ärgerlich. Dann tippte ihm jemand auf die Schulter. „Matt, kommst du?" Matt warf Jess einen herablassenden Blick zu, dann drehte er sich um und ging.

n dem Moment ging eine Seitentür auf und eine junge Frau mit schulterlangen, dunkelblonden Haaren kam herein. Als sie Jess und Taylor entdeckte, stöckelte sie heftig winkend auf die beiden zu.

„Hi, Sam", rief Jess überrascht. „Darf ich dir Mr. Johnson vorstellen?"

„Sam Morris - Ich spiele hier Dana Cunningham, die weibliche Hauptrolle in unserem Stück", begrüßte sie ihn keck. „Eine selbstbewusste und für die damalige Zeit ziemlich emanzipierte Dame", erklärte sie mit aufreizendem Augenaufschlag.

„Für diese Rolle bist du auch perfekt geeignet, Sam!", lachte Jess und blickte zu Taylor. Er lächelte verhalten und ließ seinen Blick unauffällig über Sams Körper gleiten. Schließlich nickte er.

„Da stimme ich Ihnen zu, Jess, soweit ich das auf den ersten Blick beurteilen kann", meinte er diplomatisch.

Hinter vorgehaltener Hand verriet Jess ihm später: „Sam ist mit Tony Morris verheiratet. Ihm gehören ein paar Surfgeschäfte auf Long Island, unter anderem das *Oceanboard*, in dem Matt arbeitet und ein Bootsverleih.

„Nicht übel!", kommentierte er knapp und wurde durch Matts erneutes Erscheinen von Jess' Ausführungen abgelenkt.

„Hier ist das Manuskript zu unserem Stück. Ich bin überzeugt, du hast ein paar gute Ideen hinsichtlich des Bühnenbildes und der Kostüme. Wenn du alles durch hast, setzten wir uns nochmal zusammen."

„Danke, Matt. Ich werde jetzt heimfahren, wenn nichts Dringendes mehr ansteht?" Jess rieb sich die Augen.

„Ich hoffe, du denkst an unseren Kinoabend übermorgen!" In Matts Augen sah Jess ein eigenartiges Blitzen.

„Natürlich! Bis dann!" Sie gab ihm einen freundschaftlichen Knuff. Taylor verabschiedete sich ebenfalls und folgte Jess zum Wagen.

„Sind Sie öfter mit Matt zusammen?", fragte Taylor rau, als Jess den Motor startete. Er spielte nervös mit seinen Fingern.

Jess drehte ihren Kopf. „Nein, das heißt …, wir gehen ab und zu ins Kino oder zum Essen." Taylors Miene blieb starr. Jess' Herz begann zu klopfen. Krampfhaft hielt sie das Lenkrad. Wieso stellte er ihr diese Frage?
„Ich habe den Eindruck, er mag mich nicht besonders."

„Ich …, das weiß ich nicht. Ich …", stotterte Jess und presste die Lippen zusammen. Natürlich war ihr Matts unhöfliches Verhalten gegenüber Taylor aufgefallen.

„Sieht er in mir einen Konkurrenten?", fragte er

süßsauer.

„Ich weiß es wirklich nicht", presste Jess
hilflos hervor. Die Fragerei war ihr sehr
unangenehm. Sie merkte daran aber, dass es
Taylor nicht verborgen geblieben war und er
sich darüber Gedanken machte. War er etwa
eifersüchtig auf Matt? Die Tatsache aber,
dass Matt tatsächlich Grund genug gehabt
hätte, in Taylor einen Nebenbuhler zu sehen,
behielt Jess für sich.

„Er hat jedenfalls großes Glück, seine Freizeit
mit einer so liebenswürdigen Frau wie Sie es
sind, verbringen zu dürfen." Jess lächelte
verlegen und drückte, ohne darauf zu
antworten, fester aufs Gaspedal. Sie wollte so
schnell wie möglich nach Hause.

Kapitel 4

Nur Freunde?

Die Frühjahrssonne schien von einem ungetrübten, blauen Himmel. Jess hatte an diesem Tag frei und endlich Zeit, sich das Drehbuch in Ruhe durchzulesen. Sie saß auf einer Decke im Gras hinter dem Haus und genoss den Blick aufs Meer. Lauer Wind, der an herrliche Sommertage erinnerte, fuhr ihr durch die Haare.

Sie atmete die wohltuende Seeluft tief ein. Es tat gut, alleine zu sein, die Seele baumeln zu lassen und sich über ihre Gefühle klarer zu werden. Würde es mit Taylor überhaupt Sinn machen oder war es nur reine Zeitverschwendung, sich irgendetwas von ihm zu erhoffen? Sie wusste ja nicht einmal, wie lange er noch in Montauk bleiben würde. Seit vorgestern hatte sie ihn nicht gesehen und wenn sein Wagen erst repariert war, würde er sowieso von hier verschwinden. Sie würde nie herausfinden, wer er wirklich war und sicher würde auch er sie bald vergessen haben. Ein Mann wie Taylor, der so gut aussah, würde ohnehin keine Probleme haben, eine Frau zu finden. Trotzdem fragte sie sich immer wieder, welcher Vorfall dazu geführt haben mochte, dass er sich in einem derart desolaten Zustand ans Steuer gesetzt hatte. Jess vermutete, dass womöglich eine gescheiterte Beziehung dahintersteckte. Diese latente Bitterkeit, die er offensichtlich zu verbergen versuchte, ließ auch darauf schließen. Sie versuchte, sich nun wieder auf ihren Text zu konzentrieren. Eine innere Unruhe ließ ihre Gedanken aber immer wieder abdriften. Er war heute nach Hempstead zum Shoppen gefahren. Er brauchte dringend neue Kleidung. Das hatte er ihr in einer Kurznachricht auf dem Smartphone mitgeteilt.

Nach einiger Zeit hatte sie es geschafft, den ganzen Text durchzulesen und fand ihn gut geeignet für die kleine Theatergruppe. Die Erstaufführung hatte zudem noch Zeit und so konnte sie in Ruhe über das Bühnenbild nachdenken. Sie fertigte ein paar Skizzen an, die ihr auf Anhieb gut gefielen und machte sich Gedanken über die technischen Gegebenheiten im Theaterraum.

Nach einer Weile legte sie Stift und Skizzen beiseite und streckte sich auf dem weichen

Gras. Sie betrachtete den wolkenlosen Himmel und dachte wieder an Taylor. Sie konnte nicht anders, er war permanent in ihrem Denken präsent. Seitdem er hier war, konnte sie sich kaum wirklich auf andere Dinge konzentrieren. Der angenehm warme Wind und die Naturgeräusche ringsherum ließen Jess bald in einen Dämmerzustand fallen und so döste sie eine Weile vor sich hin. Realität und Fantasie verschwammen sanft mit der lauen Brise, die ihre Gedanken weg trug.

Abrupt schreckte sie durch ein Geräusch aus ihrem Halbschlaf. Sie öffnete zaghaft die Augen und nahm einen Schatten über sich war. Etwas benebelt setzte sie sich auf. Taylor Johnson stand neben ihr. Er tat einen Schritt auf sie zu und setzte sich zu ihr ins Gras.

„Waren Sie erfolgreich?", fragte Jess zurückhaltend.

„Ja. Das, wonach ich gesucht hatte, habe ich gefunden", erklärte er und schürzte die Lippen. Jess konnte anhand des Firmenaufdrucks auf der Plastiktüte erkennen, dass er in einem teuren Geschäft gekauft haben musste.

„Und Sie?", fragte er spontan zurück.

„Waren Sie auch erfolgreich?" Er deutete auf ihr Skizzenheft, das auf dem Boden lag.

„Ich denke schon und ich glaube, dass wir mit einem Bühnenbild auskommen. Die Wandfläche ist nicht sehr groß, ich muss mir gut überlegen, was darauf soll", meinte sie euphorisch.

Taylor kaute an einem Grashalm. „Das macht es auch für die Theaterspieler einfacher."

„Ach ja? Sie scheinen Ahnung zu haben", konstatierte Jess in scherzhaftem Ton.

„Zeigen Sie mir Ihre Entwürfe?", fuhr er fort ohne ihre Frage zu beantworten.

„Natürlich, bitte!" Sie gab ihm die Skizzen. „Es war eigentlich nicht besonders schwer, mir etwas Passendes auszudenken, nur musste ich Zeit und Handlung in Einklang miteinander bringen." Jess lächelte gespannt. Taylor begutachtete die Entwürfe akribisch genau.

„Sehen Sie sich des Öfteren Theaterstücke in Ihrer Heimatstadt an?" Er hob den Kopf und blickte in Meeresrichtung. „Hin und wieder. Aber ich bin in dieser Hinsicht anspruchsvoll." Jess wartete ungeduldig auf seine Meinung. Er blätterte alles noch einmal durch. Jess wurde unsicher.

„Wie gefällt es Ihnen?", fragte sie schließlich.

„Sehr schön! Wirklich imposant und eindrucksvoll. Um nicht zu sagen: Ich bin begeistert! Sie können wunderbar zeichnen, Jess!" Er sah ihr tief in die Augen. Jess durchfuhr es wie ein Blitz und verschämt senkte sie ihren Blick.

„Habe ich Sie in Verlegenheit gebracht? Das ist wirklich nicht vonnöten. Wissen Sie, ich glaube, Sie unterschätzen sich, da Sie sich selbst nicht allzu viel zutrauen." Jess wurde noch verlegener. Taylor rückte etwas näher und streichelte kaum merklich ihre Wange. Jess schluckte mühsam eine Träne hinunter. Wie gut es tat, von ihm berührt zu werden! Wie lange hatte sie sehnlichst darauf gewartet! Es war wie Balsam. Jess atmete tief ein und straffte sich. „Vielleicht haben Sie Recht. - Ja, Sie haben Recht, Taylor. Ich bin viel zu selbstkritisch!" Sie seufzte tief.

„Selbstkritik ist im Allgemeinen nicht ver- kehrt und viele Leute überschätzen sich auch maßlos. Nur darf man im Gegensatz auch nicht zu sehr an seinen Fähigkeiten zweifeln. Man sollte akzeptieren, wie es ist."

Jess hatte Taylors letzten Satz nicht richtig begriffen und sah ihn irritiert an. Er warf ihr einen Seitenblick zu und runzelte die Stirn. „Ich spreche aus Erfahrung", kam es hölzern aus seinem Mund und er fügte hinzu: „In den letzten Tagen hatte ich mehr Zeit, über mein Leben nachzudenken, als in all den Jahren zuvor …" Jess hing gebannt an seinen Lippen. Würde sie endlich mehr über ihn erfahren? Über den Mann, der ihr Herz erobert hatte und von dem sie dennoch kaum etwas wusste? Sie spürte, dass ihr Puls sich beschleunigte.

„Aber ich denke, es würde Sie bestimmt nicht interessieren! Außerdem haben Sie genug anderes zu tun, als sich für meine Geschichte zu interessieren." Taylors Blick verdunkelte sich. Jess entdeckte dennoch einen Funken Hoffnung darin.

„Nein, nein", stammelte sie mit trockener Kehle. „Sie würden mich bestimmt nicht langweilen. Ich …"

„Sie fragen sich bestimmt, warum ich so wortkarg bin und manchmal unfreundlich wirke, aber … wissen Sie, in meiner Vergangenheit gab es einiges, was mir schwer zugesetzt hat." Er seufzte und hielt ein paar Sekunden schweigend inne.

„Ich dachte, vielleicht gefällt es Ihnen nicht sonderlich bei meinem Onkel und mir …"

„Nein, das ist es gewiss nicht. Ich finde es wunderbar hier, auch diese für mich ungewohnte Gastfreundschaft tut mir sehr gut. Trotzdem werde ich ins Hotel ziehen. Es ist besser. Mein Wagen ist in einigen Tagen fertig, die Ersatzteile sind schon gekommen, hat man mir mitgeteilt." Jess schaute ihn zweifelnd an.

„Aber das ist wirklich nicht nötig. Sie können so lange bleiben, wie Sie möchten. Oder schmeckt Ihnen unser Essen nicht?"

„Um Gottes Willen, nein! Nein, die Speisen in Ihrem Haus sind wirklich ausgezeichnet!" Er musste lachen und verfolgte dabei eine Seemöwe am Himmel, bis der Horizont sie verschluckte.

„Hätten Sie denn noch ein freies Zimmer für mich in Ihrem Hotel? Jess fiel ein Stein vom Herzen. Wenn er im Sea Crest einzog, konnte sie ihn wenigstens eine Zeitlang noch sehen und Emma hätte sicher auch nichts dagegen.

„Ich werde sehen, was sich machen lässt!", meinte sie zuversichtlich.

„Ich wäre Ihnen sehr dankbar, wenn Sie es arrangieren können. Ich weiß, dass Sie sehr ausgebucht sind. Es kommen immer mehr

Urlauber und …"

„Es wird sich sicher etwas ergeben." Jess nickte und lächelte.

„Ich möchte zum Haus zurückgehen. Begleiten Sie mich?"

„Nein. Ich werde das hier noch fertig machen. Ich bin gerade in der richtigen Stimmung, das muss ich nutzen", erklärte sie bestimmt.

„Aber zum Abendessen sind Sie da?"

„Leider nein. Ich habe heute eine Verabredung. Wir gehen ins Kino."

„Gehen Sie mit Matt?" Taylors Laune sank unübersehbar, so sehr er sich auch bemühte, sie zu unterdrücken.

„Hm." Jess nickte und sah an ihm vorbei.

„Tja, dann: Viel Spaß!" Er ging mit schnellen Schritten zum Hauseingang auf der anderen Seite.

„Verdammt!", dachte Jess und presste die Lippen aufeinander. Sie wollte Matt nicht absagen.

* * *

Jess brachte auf der Heimfahrt vom Kino kaum ein Wort über die Lippen. Matt gab ihr einen Knuff. „Was ist?" Hat dir der Film die Sprache verschlagen?"

Jess schüttelte den Kopf. Matt sah zu ihr hinüber, dann lenkte er seine Aufmerksamkeit wieder auf die Straße. Als sie die Rückfahrt nach Montauk antraten, hatte es zu nieseln begonnen, doch inzwischen war ein Platzregen daraus geworden. Matt hatte alle Mühe, die Straße zu erkennen. Von Zeit zu Zeit verschlechterten plötzlich auftauchende Nebelbänke die Sicht zusätzlich. Dicke Regentropfen prasselten auf den Wagen. Matt hatte den Scheibenwischer auf die höchste Stufe gestellt. Inzwischen wurde dieser dem Wasser auf der Scheibe kaum mehr her. Schließlich lenkte Matt das Auto auf einen Parkplatz am Straßenrand.

„Es hat keinen Sinn. Die Sicht wird immer schlechter, außerdem steht das Wasser schon auf der Straße. Wir werden stehen bleiben, bis der Regen nachgelassen hat. Selten habe ich so einen Starkregen beim Fahren abbekommen", meinte er nachdenklich.

„Ist schon okay, Matt", stimmte sie ihm zu.

„Also ich fand den Film gut", warf er nach einer Weile ein. Die Frontscheibe und die Seitenfenster waren inzwischen völlig angelaufen.

„Und ich fand es auch besonders schön, dass du dabei warst …" Jess erstarrte, als sie plötzlich seine Hand auf ihrem Oberschenkel spürte.

„Jess!", flüsterte er. „Ich … liebe dich!" Er kam mit seinem Gesicht näher. Sie sah schemenhaft seine halb geöffneten Lippen und spürte seinen heißen Atem. Jess war völlig verwirrt. Auf der einen Seite Matt, der hautnah bei ihr war und echte Zuneigung für sie empfand, auf der anderen Seite der geheimnisvolle Taylor, von dem sie nicht wusste, wer er war und ob er überhaupt etwas für sie empfand. Jess verlor sich in einem Zwiespalt und stöhnte. „Matt, was machst du?" Seine Hände wuschelten in ihren Haaren, seine feuchten Lippen begannen, ihren Hals zu liebkosen. Dann erlangte sie die Fassung wieder und drückte ihn zurück. „Bist du verrückt, Matt? Was soll das?" Sie schob ihren Rock, der hochgerutscht war, zurecht und sah ihn mit aufgerissenen Augen an. Matts Wangen glänzten. Er atmete schwer.

„Entschuldige, ich … habe die Kontrolle verloren. Es tut mir Leid!" Er ließ sich in seinen Sitz zurücksinken. Jess presste die Lippen aufeinander. Tränen liefen ihr übers Gesicht. Sie musste ihm reinen Wein einschenken, denn sie wollte nicht Gefahr laufen, ein weiteres Mal in eine derartige Situation zu geraten.

Sie verschränkte die Finger auf ihrem Schoß. „Matt – ich …, ich mag dich wirklich sehr und schätze dich. Du bist ein zuverlässiger Mensch und ein guter Freund. Aber - bei mir ist da einfach nicht mehr. Du weißt schon, was ich meine …" Sie fasste sich ans Herz.

Matt starrte geradeaus. „Ist es wegen *ihm*?" Jess schwieg.

„Was hat *er*, das ich nicht habe? - Jess! Sag' es mir!" Sie biss sich auf die Lippe und schüttelte den Kopf. Sie wusste ja selbst nicht genau, was es war, das sie so zu Taylor hinzog.

„Wir sehen uns kaum noch, immer hast du irgendetwas zu tun. Du hast weder Zeit für mich noch für dich, merkst du das gar nicht?", hielt er ihr mit Nachdruck vor.

„Matt, ich bin dir zu nichts verpflichtet. Wir sind nicht verheiratet!", antwortete sie aufgebracht. „Ich verbringe gerne auch Zeit mit dir, aber ich weiß nicht, ob ich das gleiche Maß an Gefühlen für dich empfinde, wie du für mich …" Sie brach ab. Die Tränen liefen ihr ungehemmt über die Wangen. Der Regen hatte nun nachgelassen. Matt wischte die Scheibe sauber und startete den Motor.

Er schluckte, denn diese Wahrheit, die nun seine letzten Hoffnungen zerstörte, tat höllisch weh. Trotzdem musste er ihre Entscheidung akzeptieren. Es stimmte, er mochte den Kerl nicht. Von Anfang an war er ihm mit seiner geheimnistuerischen Art unsympathisch gewesen. Und nun stand Jess auf ihn! Frauen waren manchmal unglaublich – und naiv. Jawohl! Jess würde wohl nicht im Ernst glauben, dass einer, dem man schon von weitem ansah, dass er Geld besaß, sich ausgerechnet mit einer Durchschnittsfrau wie ihr abgeben würde. Er schüttelte den Kopf und ballte seine Hände zu Fäusten.

„Ich habe gleich geahnt, dass er dir den Kopf verdreht hat. Das junge Mädchen und der reiche, reife Mann! Das wahr gewordene Märchen! Dass ich nicht lache!", keifte er.

„Du bist gemein, Matt! Wozu Eifersucht einen befähigen kann! Aus dir spricht nur der pure Neid! Aber damit du beruhigt bist: Mr. Johnson wird ins Sea Crest Hotel ziehen! Und ich würde ihn auch nicht als reifen Mann bezeichnen – allenfalls reif an Erfahrungen", rechtfertigte sie Taylor.

„Erfahrungen mit Frauen?", fügte er abwertend hinzu. Jess funkelte ihn daraufhin böse an.

„Okay, ich gebe mich geschlagen. Gegen deine aufschlussreichen Erklärungen habe ich sowieso keine Chance." Sein Gesichtsausdruck war bitter. Er gab Gas und lenkte den Wagen wieder auf die Straße.

Schweigend verbrachten sie den Rest der Fahrt und Matt bog schließlich in die kleine Seitenstraße ein, in der sich das Haus von Onkel James befand. Matt schaltete die Zündung aus und blickte stumm auf sein Lenkrad.

Jess beugte sich zu ihm und meinte: „Matt, diese Tatsache ändert nichts daran, dass wir uns trotzdem sehen können! Ich habe übrigens ein paar Entwürfe für das Bühnenbild gezeichnet und wegen der Premierenvorbereitung müssen wir auch noch einiges besprechen. Wir sehen uns sicher bald wieder!" Sie machte eine Pause. „Matt, ist alles okay bei dir?" Sie drückte vorsichtig seine Hand.

„Nein! Nichts ist okay, überhaupt nichts! Ich will dich nicht drängen, Jess. Wenn du Zeit brauchst, um dir über deine Gefühle klar zu werden, ist das in Ordnung. Meine Zuneigung zu dir ist in der letzten Zeit noch viel stärker geworden und ich möchte dir so nahe sein können, wie er. Kannst du das verstehen? Du musst mir jetzt keine Antwort geben." Jess hörte die Verzweiflung aus seinen Worten heraus.

„Ich werde jetzt gehen. Es ist spät und ich bin sehr müde." Jess wusste nicht mehr weiter und fühlte sich schrecklich. Sie wollte jetzt nur alleine sein.

„Ja, geh' nur", brummte Matt kraftlos. Jess gab ihm einen flüchtigen Kuss auf die Wange und stieg aus. Dann lief sie schnell zum Haus.

Sie hörte von innen noch seine quietschenden Reifen, als er wegfuhr. Onkel James war schon im Bett, denn es war absolut still im Haus. Ob Taylor da war? Sie ging in die Küche und schenkte sich ein Glas Orangensaft ein. Sie war nun völlig verwirrt und dachte an die vergangenen Szenen. Matts Küsse waren heiß und sie hatte sein Verlangen und seine Erregung deutlich gespürt. Sie hätte dieses Spiel auch mitspielen können, nur wollte sie ihm keine falschen Hoffnungen machen. Er hatte sie außerdem ziemlich überrumpelt und für einen One-Night-Stand war sie schon gar nicht der Typ. Jess lehnte sich an den Türrahmen und atmete tief durch. Das Glas leerte sie in einem Zug.

Allmählich beruhigte sie sich und es überkam sie eine bleierne Müdigkeit. Sie blickte auf die Küchenuhr. Es war fünf nach zwölf. Gerade war sie im Begriff, das Licht in der Küche abzuschalten, als ein Geräusch sie hochschrecken ließ.

Sie linste ins Treppenhaus und entdeckte Taylor im Halbdunkel, der gerade herunterkam. Sie knipste das Licht in der Diele an und ihre Müdigkeit war sofort verschwunden.

„Sie fallen mir ja noch herunter ohne Licht!", wisperte Jess, halb erschrocken, halb erleichtert, dass er es war und kein Fremder.

„Tut mir Leid, wenn ich Sie erschreckt habe. Ich konnte nicht schlafen und wollte mir etwas zu trinken holen." Taylor sah tatsächlich mitgenommen aus. „Und dann auch noch diese Kopfschmerzen!" Er fasste sich gequält an die Stirn.

„Warten Sie, ich glaube, ich habe eine Tablette für Sie!" Jess lief in die Küche zurück, wo sie ihre Handtasche auf den Tisch gestellt hatte und kramte darin nach dem Schmerzmittel.

„Bitte, nehmen Sie sie!" Taylor griff erleichtert danach.

„Könnte ich vielleicht auch ein Glas Saft haben?", fragte er leise und deutete auf die Packung neben dem Kühlschrank.

„Klar." Jess schenkte ihm ein und Taylor ließ sich auf einem der Holzstühle nieder.

„War der Film gut?", begann er mit niedergeschlagener Stimme und nippte an dem Saft, bevor er die Tablette mit dem restlichen Inhalt des Glases hinunterkippte.

„Ja, er ist empfehlenswert und hat mir gut gefallen!" Sie bemühte sich, doch es klang nicht sehr überzeugend.

„Und Matt?"

„Es war ein schöner Abend!" Jess schämte sich für diese Lüge.

„Naja, Sie schauen mir nicht gerade sehr aufgeheitert aus", meinte er und sah sie eindringlich an. Sie konnte ihm wohl nichts vormachen.

„Aber wissen Sie was? Wollen wir nicht einfach *Du* sagen? Wir kennen uns nun ja schon eine Weile", begann er plötzlich und nahm ihr dadurch die unangenehme Jagd nach einer Antwort ab. Ahnte er etwas?

„Gerne!", antwortete Jess überaus schnell und im Anflug neuen Mutes fragte sie, was sie schon so lange wissen wollte. Es fiel ihr nun leichter, denn dieses kleine Wörtchen verband Menschen auf ganz andere Weise miteinander.

„Taylor, was machst du eigentlich beruflich? Ich meine, wenn du nicht gerade in Montauk bist?" Sie gluckste beschwichtigend. Endlich war es über ihre Lippen gekommen. Sie fühlte das Blut in den Schläfen pochen und umklammerte krampfhaft ihr leeres Glas.

Jess sah ihn erwartungsvoll an, aber Taylors Miene verfinsterte sich. Er griff sich nervös durch die Haare und erklärte mit gepresster Stimme: „Ich möchte nicht darüber reden. Es hat sowieso alles keinen Sinn." Er stützte den Kopf in die Hände. Jess sah ihn erschrocken an, dann konnte sie ein Grinsen nicht unterdrücken.

„Vieles, was einst Sinn im Leben gemacht hat, stellt sich bei nachträglicher Betrachtung als Farce heraus. Ich kann das verstehen." Sie nestelte an ihrem Schal. „Und oft holt einen die Vergangenheit gerade dann wieder ein, wenn man versucht, sie aus dem Leben zu schaffen, indem man sie verdrängt."

Taylor stimmte mit traurigem Gesicht zu.

„Das hast du sehr schön ausgedrückt! Aber du möchtest natürlich eine Erklärung für das, was passiert ist." Jess zuckte mit den Schultern. Sie wollte nicht zu sehr in sein Privatleben vordringen.

„Auch wenn ich bisher nicht viel über mich erzählt habe, so hat mich alles hier interessiert. Du, Onkel James, Matt, die Theatergruppe. Aber … die Vergangenheit lastet noch immer auf mir und erst jetzt habe ich ein bisschen Abstand bekommen." Er seufzte. „Es ist wunderschön hier." Sein Gesicht erhellte sich. „Da fällt einem der Abschied schwer … verstehst du?"

Jess schluckte den Knödel im Hals hinunter. Sie nickte heftig. „Ja, natürlich. Ich verstehe. Du hast sicher viel Schlimmes erlebt, bevor du herkamst." Ihre Vermutung blieb unbeantwortet im Raum stehen.

„Du kannst wirklich gerne bei uns im Haus bleiben. Onkel James ist es nur Recht und …"

„Nein", antwortete Taylor entschieden. „Ich werde ins Hotel ziehen. Es ist besser so." Er blickte sie ernst aus seinen dunklen Augen an. Jess hielt den Atem an. Diesem Blick konnte sie nicht lange Stand halten. Dann stand er auf. „Wir können morgen weiter reden. Es ist schon spät heute." Bevor er in Richtung Treppenhaus schwenkte, blieb er vor ihr stehen und gab ihr unverhofft einen sanften Kuss auf die Wange. „Schlaf gut, Jess!", flüsterte er. Dann ging er die Treppe hinauf. Jess wurde es heiß und kalt zugleich und wie gelähmt blieb sie noch eine Zeitlang in der Diele stehen.

Kapitel 5

Hoffnungsschimmer

Kurz nach Sieben an diesem Morgen, an dem Taylor ins Sea Crest Hotel ziehen wollte, lehnte er lässig mit seinem Gepäck, das aus nicht viel mehr als dem bestand, das er zu Beginn dabei gehabt hatte, am Wagen von Jess. Er trug eine schwarze Sonnenbrille, die ihm noch mehr Seriosität verlieh, ihn damit aber auch undurchdringlicher erscheinen ließ.

„Morgen, Jess!", empfing er sie mit einem Lächeln, das irgendwie gelöster wirkte, als die Tage zuvor.

„Guten Morgen!", erwiderte Jess und seufzte leise bei seinem Anblick. Nun war es definitiv zu spät, er hatte sich entschieden. Natürlich würde sie sein Kommen und Gehen am Rezeptionsbereich sofort mitbekommen, trotzdem beschlich Jess ein Gefühl von Traurigkeit. Verloren tappte sie die wenigen Stufen vor dem Hauseingang hinunter und drückte die Funkfernbedienung ihres Wagens.

„Nett von dir, dass du mich mitnimmst."

Taylor lächelte charmant und legte seine Tasche auf den Rücksitz. „Das Finanzielle habe ich gestern mit deinem Onkel geklärt. Er hat einen fairen Preis verlangt."

„Etwas anderes habe ich auch nicht erwartet", entgegnete Jess und fuhr rückwärts aus der Einfahrt.

„Wir werden unseren Kontakt nicht abbrechen lassen. Ich habe es deinem Onkel versprochen. Er ist ein ausgesprochen netter und zuvorkommender Mensch. Genau wie seine Nichte …" Jess wurde rot im Gesicht. Es war ihr immer etwas unangenehm, wenn sie so gelobt wurde.

„Aber wenn dein Wagen fertig ist, wirst du Montauk ganz verlassen?", fragte sie mit vagem Hoffnungsschimmer in der Stimme.

„Wer weiß …" Er sprach den Satz nicht zu Ende und verunsicherte Jess damit noch mehr. Aber sie würde ja sehen.

Drei Tage später war Taylors Wagen fertig und wurde zum Hotel gebracht. Er führte noch ein ausführliches Gespräch mit dem Mechaniker, der ihm die Rechnung übergab. Nun würde er sicher bald fahren, dachte Jess,

die alles durch die Frontverglasung am
Eingang beobachtete und kaute nervös an
ihrem Stift.

Doch Taylor blieb. Es schien, als würde er
sich mit seiner Abreise Zeit zu lassen. Er
hatte mit James am Wochenende noch einen
Ausflug nach New York City gemacht, von
dem sie erst gegen Abend zurückgekehrt
waren. Die beiden hatten in der Zeit, als
Taylor im Haus des Onkels wohnte, ihre
Sympathie füreinander entdeckt und wohl
auch einige Gemeinsamkeiten gefunden.

* * *

Es war inzwischen wärmer geworden und
Taylor hatte sich ein Boot bei *Tony's Boats*
gemietet, um an der Küste entlang zu segeln.
Er schien Erfahrung darin zu haben und ab
und zu lud er Jess oder auch James und
sogar Emma Baker auf eine Fahrt ein. Es
schien ihm in Montauk zu gefallen und
Geldnöte hatte er anscheinend auch nicht.
Dennoch fragte sich Jess immer wieder, was
ihn dazu bewogen hatte, alles hinter sich zu
lassen und ob überhaupt jemand von seinen
Freunden oder Angehörigen wusste, wo er

sich aufhielt. Jess hatte aber auch den Eindruck, dass es ihm hier ausgesprochen gut tat. Er hatte wieder eine gesunde Gesichtsfarbe und seine Gesichtszüge entspannten sich zunehmend. War er ein Aussteiger? Oder auf der Flucht? Jess hoffte, es noch irgendwann zu erfahren.

Seit dem letzten Kinoabend und dem Vorfall im Auto, als er sie heimbrachte, benahm sich Matt äußerst zurückhaltend und höflich gegenüber Jess, wenn sie sich bei den Theaterproben über den Weg liefen. Ansonsten ließ er sie in Ruhe und es hatte den Anschein, als hätte er die ganze Angelegenheit am liebsten rückgängig gemacht.

Jess hatte gerade ihr Smartphone beiseitegelegt, als Emma freudestrahlend hinter den Tresen kam.

„Der Aufwärtstrend in diesem Jahr scheint anzuhalten", resümierte sie und hielt begeistert ein Papier in der Hand, auf dem die neuesten Zahlen gelistet waren. Ihr rot geschminkter Mund lächelte breit. Emma Baker war die geborene Geschäftsfrau. Sie managte alles ohne dabei gestresst zu wirken. Zudem hatte sie einen treffsicheren Geschmack, was Kleidung und Stil anging. Jeden Tag erschien sie perfekt gestylt von oben bis unten. Jess beneidete sie daher ab und zu ein wenig.

„Ich hätte damals nie gedacht, dass es so gut anlaufen würde", erklärte sie stolz. „Und inzwischen hat sich das Hotel längst gut etabliert. Ich möchte in diesem Jahr zusätzlich ein paar saisonal passende Events anbieten. Kulinarische Highlights verbunden mit kulturellen Ereignissen. Da würde mir zum Beispiel ein Krimi-Dinner vorschweben, zu dem wir einen Buchautor einladen könnten. Oder ein Sunset-Romantic-Dinner auf unserer Seeterrasse im Sommer. Und für das Labor Day Weekend Anfang September wird mir auch noch etwas einfallen!", lachte sie.

„Du bist einfach unschlagbar, Emma!" Jess' Begeisterung war echt und Emma fehlte es tatsächlich nie an neuen Ideen, wenn es ums Geschäft ging.

„Und ich fühle mich wohl hier. Das ist das Allerwichtigste, glaube ich!" Sie grinste verschmitzt.

„Vielleicht geht es Mr. Johnson ja genauso?

Schon viele Leute haben sich in unseren Ort verliebt und sind hängen geblieben", fügte Jess dem hinzu. „Auch mich hat er von Anfang an angezogen und diese Inspiration spüre ich besonders beim Malen", schwärmte sie.

„Ach ja? Beim Malen? Ich dachte eher, dass Matt Bennett vielleicht der Grund dafür wäre …" Jess errötete und blickte zur Seite.

„Nein, ist er nicht", erklärte sie fest und fragte beiläufig: „Hat Mr. Johnson schon durchklingen lassen, wie lange er bleiben wird? Ich würde ihm gern ein besseres Zimmer geben." Emma zögerte einen Augenblick, dann meinte sie: „Nun ja, seinen Worten zufolge nehme ich an, es gefällt ihm bei uns. Ich habe das Gefühl, er wird nicht so schnell abreisen. Gib ihm das beste Zimmer, das wir haben, Jess. Er soll darin wohnen, solange er es möchte. Im Übrigen ist er ein charmanter Gesprächspartner und wohl auch ein Mann von Welt. Die Unterhaltung mit ihm ist jedes Mal sehr interessant …" Emma warf dabei einen prüfenden Blick auf ihre frisch aufgefüllten Fingernägel.

Emmas Worte bohrten sich wie ein Schwert durch ihren Kopf und sie zuckte zusammen. Es war wohl offensichtlich, dass Taylor auch ihr gefiel. Jess hob die Schultern. „Dann versuche ich mal mein Bestes. Mal sehen, was sich in Sachen Zimmer machen lässt. Ich werde mir den Belegplan noch einmal ansehen."

„Tu das, meine Liebe!" Emma machte eine gönnerhafte Geste. Dann schürzte sie die Lippen und meinte hinter vorgehaltener Hand: „Vielleicht erfahren wir ja im Laufe der Zeit noch mehr über Mr. Johnson? Obwohl ihn seine Geheimnistuerei noch interessanter macht. Man will einfach wissen, wer er ist und was er zu verbergen hat. Sie stützte sich mit den Ellbogen auf den Tresen. „Welchen Beruf, glaubst du, hat er?"

„Ich weiß nicht, aber ich könnte mir gut vorstellen, dass er ein Geschäftsmann ist. Immobilienmakler vielleicht? Börsenspekulant? Ölmagnat?"

„Ein Millionär! Oder Milliardär!", versuchte Emma, sie zu toppen.

Beide mussten über ihre ausufernden Spekulationen lachen.

„Vielleicht hat er aber ja tatsächlich einen Grund, nichts über sich zu erzählen." Emma wurde wieder ernst.

„Wie meinst du das?" Jess machte große

Augen.

„Naja, er könnte ja etwas ausgefressen haben und ist vor der Polizei geflohen", erklärte sie schnippisch.

„Das glaubst du doch selbst nicht!" Jess blickte ihre Chefin empört an und wandte sich um.

Emma Baker zuckte mit den Schultern. „Zumindest lebt er hier sehr zurückgezogen und unternimmt außer Spaziergängen nicht viel."

„Das ist noch lange kein Hinweis, dass er etwas angestellt hat", beschwichtigte Jess. „Man muss es eben nehmen, wie es ist. Einer wie er lässt sich sowieso nicht ohne weiteres aushorchen." Jess wusste, was sie damit meinte.

Plötzlich erschien Sam Morris im Foyer des Hotels und war wie immer eine Augenweide. Ihre Haare hatte sie aufgesteckt und an ihrem Hals blitzte eine goldene Kette. Sie war ohne Zweifel eine auffällige Erscheinung und in ihrer perfekten Figur kam das pinke Etuikleid voll zur Geltung.

„Guten Morgen, die Damen!", begrüßte sie beide und kam ohne Umschweife zum

Grund ihres Erscheinens.

„Tony und ich würden gern einen Tisch für Freitagabend reservieren." Jess nickte und zog gleich ihr Notizbuch hervor.
„Drei Personen, neunzehn Uhr. Geht das?"

„Ach ja, und wenn möglich hätten wir gerne einen Ecktisch."

„Ich werde sehen, was sich machen lässt!" Jess notierte alles fein säuberlich.

„Es ist ein Geschäftsessen", fügte Sam mit besonderer Betonung hinzu. „Wir konnten den Milliardär William Murdoch aus Southampton für unser neues Projekt ge-winnen." Sie machte eine geheimnisvolle Miene und strich sich eine Haarsträhne aus dem Gesicht.

Jess stand der Mund offen, aber Emma gab sich unbeeindruckt: „Dann drücke ich euch fest die Daumen, dass das Geschäft klappt!" Sie zwinkerte Sam wissend zu.

„Ach, übrigens: Ist Mr. Johnson zufällig da?", fragte sie beiläufig.

„Ich denke schon. Sein Zimmerschlüssel hängt nicht hier, also wird er auf seinem Zimmer sein. Ich kann gerne anrufen, wenn du möchtest, Sam", antwortete Jess betont höflich.

„Das wäre sehr nett. Ich möchte ihn wegen des Segelboots sprechen. Wir haben momentan sehr viele Anfragen und ich muss wissen, wie lange er noch gedenkt, es zu mieten."

Während Jess die Nummer von Taylors Zimmertelefon drückte, meinte Sam zu Emma geneigt: „Wir bräuchten mehr Männer von seiner Sorte."

„Er ist nicht nur überaus attraktiv, sondern scheint auch gebildet zu sein. Das ist mir während der Gespräche mit ihm aufgefallen", ergänzte Emma. „Auch wenn er eher zurückhaltend ist, was ihn selbst betrifft, ist er sehr redegewandt und ein Mann von Welt."

„Ich glaube, er will nur nicht aufdringlich wirken", fügte Jess hinzu.

„Er hat zumindest Klasse, egal ob er nun auf einem College war und studiert hat oder nicht!", entgegnete Emma daraufhin.

„Wie sieht es denn mit deinem Bühnenbild aus?", beendete Sam diese in die Irre führenden Mutmaßungen über Taylor und lenkte das Gespräch auf ein anderes Thema.

„Ich bin fast fertig. Wir brauchen nur noch

entsprechende Kostüme und das passende Mobiliar. Matt ist sehr mit den Proben beschäftigt. Ich sehe ihn momentan kaum noch. Kommt ihr voran?", fragte Jess zurück.

„Es ist natürlich aufwändig, aber wir schaffen das schon!", erklärte sie fest. „Das Wichtigste dabei ist noch immer der Spaß. Und den haben wir ja alle nach wie vor." Jess schenkte ihr ein zustimmendes Lächeln, aber insgeheim dachte sie: Du weißt ja nicht, wie es ist, wenn man nicht nur Dinge tun kann, die einem Spaß machen, sondern sich seinen Lebensunterhalt durch echte Arbeit verdienen muss."

Sam hatte sich den zwanzig Jahre älteren, erfolgreichen Geschäftsmann Tony Morris geangelt, den sie über ein Partnerportal kennengelernt und nach nicht einmal einem Jahr geheiratet hatte. Ob sie wirklich ein so glückliches und ausgefülltes Leben führte, wie sie tat, zweifelte Jess an. Ihr Ding wäre es jedenfalls nicht gewesen, als Preis für ein Luxusleben die Abhängigkeit von einem Mann in Kauf nehmen zu müssen. Aber Jedem das Seine, dachte sie.

Jess merkte erst, dass sie noch immer das Telefon in Taylors Zimmer klingeln ließ, als er plötzlich das Foyer betrat und sich dem Empfang näherte. „Taylor …", säuselte sie leise und legte auf. Sofort begann ihr Puls sich zu beschleunigen und verlegen wandte sie ihr Gesicht ab. Sam aber ging ihm strahlend entgegen.

„Hi, Mr. Johnson! Gut, dass ich Sie treffe!"

„Was gibt es denn so Wichtiges?", fragte er neugierig und blieb stehen.

"Nur keine Sorge, so wichtig ist es nun auch nicht, aber wir würden gerne wissen, wie lange Sie das Segelboot noch mieten möchten, da wir im Moment viele Anfragen haben. Die Saison hat begonnen, Sie wissen ja …" Sie legte ihr charmantestes Lächeln auf.

Taylor runzelte die Stirn und schwieg einen Augenblick, dann meinte er fest: „Ich würde es unter Umständen auch kaufen. Ich habe schon einmal vage mit ihrem Mann darüber gesprochen und inzwischen habe ich mich dafür entschieden."

Das freut mich sehr für Sie, Mr. Johnson und es ist bestimmt eine gute Entscheidung! Ich werde es meinem Mann unverzüglich mitteilen. Er wird Sie bald kontaktieren. Auf Wiedersehen, Mr. Johnson!" Sam reichte Taylor ihre Rechte. Ihr Händedruck war ungewöhnlich fest für eine Frau.

„Heißt das, Sie werden längere Zeit in Montauk bleiben?", schlussfolgerte Emma Baker und versuchte krampfhaft, das Flattern in ihrer Stimme zu unterdrücken.

„Gut möglich", erwiderte Taylor mit vielsagendem Blick, den er jetzt auf Jess gerichtet hatte. „Das heißt, falls es hier ein Haus für mich gibt, das ich kaufen könnte ..." Er blickte fragend von einer Dame zur anderen. Jess wurde es ganz schwindelig bei der Vorstellung, dass ... Sie getraute sich nicht, diesen wunderbaren Gedanken zu Ende denken.

Emma erlangte als erste die Fassung wieder. „Klar, ich werde mich umhören. Im Übrigen kenne ich einen Immobilienmakler. Er betreut zwar hauptsächlich die Ferienhäuser und Sommerresidenzen der Reichen und Schönen in den Hamptons, aber fragen kostet ja nichts!"

„Das wäre sehr zuvorkommend. Wenn Sie das für mich tun wollen?"

„Kein Problem, Mr. Johnson. Ich weiß, wie schwierig es ist, ein angemessenes Haus zu einem bezahlbaren Preis zu bekommen, aber ich denke, mit seiner Hilfe könnten Sie vielleicht fündig werden", erläuterte Emma engagiert.

„Ohne Beziehungen geht heutzutage sowieso nichts mehr …", erwiderte Taylor betrübt.

„Ich werde noch diese Woche versuchen, mit ihm zu sprechen", versprach die Hotelchefin. Jess stand die ganze Zeit stumm dabei und hörte dem Gespräch aufmerksam zu.

„Ich wäre Ihnen sehr verbunden, Mrs. Baker. Wenn die Damen mich jetzt entschuldigen? Ich habe noch etwas zu erledigen." Taylor blickte auf seine Armbanduhr und runzelte die Stirn. Eilig verließ er den Rezeptionsbereich und stieg die Treppe zu seinem Zimmer im ersten Stock hinauf.

„Da schau einer an! Er will sich ein Haus und ein Boot kaufen. Der Mann muss vermögend sein!" Emma blies beeindruckt eine Haarsträhne aus ihrem Gesicht.

„Was sagst du dazu?" Sie blickte ihre Mitarbeiterin ungläubig an.

„Dann wird es wohl so sein!" Jess wusste nicht recht, was sie darauf erwidern sollte und sah gedankenverloren aus dem Fenster.

„Einerseits helfe ich natürlich, wo ich kann. Andererseits verliere ich einen Gast, wenn

Mr. Johnson erst sein eigenes Haus hat."
Emma seufzte und schürzte die Lippen.
„Aber warten wir es ab. Noch ist es ja nicht
soweit. Hast du im Übrigen schon die
Rechnung für Mr. und Mrs. Wright fertig
gemacht? Sie wollen morgen früh abreisen."
Emma Baker sah Jess mahnend über den
Rand ihrer Brille hinweg an. Jess machte sich
sofort daran, denn sie hatte es tatsächlich
vergessen. Sie konnte sich kaum auf ihre
Arbeit konzentrieren, nachdem Taylor
durchklingen ließ, dass er in Montauk
bleiben wollte. Aber was war der Grund für
seine plötzliche Entscheidung? War es
womöglich Sam, mit dem sie ihn schon ein
paar Mal gesehen hatte? Quatsch – Sam war
verheiratet! Oder gerade deswegen? Suchte
er vielleicht ein Abenteuer? Aber diesen
Eindruck machte Taylor nicht. Jess fühlte
eine Hilflosigkeit in sich aufsteigen, die sich
in den folgenden Minuten zu einer heftigen
Eifersucht auswuchs. Sam war die Art von
Frau, vor der kein Mann sicher war. Sie hatte
Zeit, Geld und sah gut aus. Immer auf
Sensation und Spektakel um ihre Person aus,
stand sie am liebsten im Mittelpunkt des
Geschehens. Dafür bot sich beim
Theaterspielen die ideale Gelegenheit und sie
stellte lieber das Licht der anderen in den
Schatten als ihr eigenes.

„Jess? Wo bist du mit deinen Gedanken?" Sie hatte das Klingeln des Telefons beinahe nicht mitbekommen, denn sie dachte unentwegt an die Worte von Taylor. „Entschuldige, Emma!", presste sie hervor. „Ich bin tatsächlich etwas unkonzentriert heute … Tut mir Leid!" Hastig nahm sie den Telefonhörer ab.

„Jayden! Was für eine Überraschung!" Jess' Stimmung schlug augenblicklich in Fröhlichkeit um, als sie seine Stimme am anderen Ende hörte.

„Wie geht es dir? Ich habe lange nichts von dir gehört und warte schon sehnlich auf ein neues Gemälde. Du hast es mir beim letzten Mal versprochen – erinnerst du dich?" Trotz der mahnenden Worte klang Jayden ruhig und gelassen.

„Sorry, Jayden. Ich hatte ziemlich viel zu tun in der letzten Zeit. Ich war sehr mit der Anfertigung des Bühnenbildes für unser neues Theaterstück beschäftigt. Aber ich habe dein Bild nicht vergessen! Es ist fast fertig und du bekommst es so bald wie möglich. Versprochen?"

„Es ist deine Sache, Jess, aber wenn du wirklich weiter kommen möchtest in dieser

106

Branche, musst du dranbleiben. Wir brauchen ständig Nachschub für die Ausstellungen. Du solltest dein Talent lieber in die Malerei investieren, das kann unter Umständen sehr profitabel sein. Ich habe das Bild, das du mir gegeben hattest, bereits verkauft. Hast du irgendwann Zeit, dir das Geld abzuholen?"

„Tatsächlich? Das freut mich sehr!"

„Du weißt, ich übertreibe nicht, wenn ich dir sage, dass ich weiß, wovon ich spreche. Aber natürlich will ich dich zu nichts drängen."

„Kein Problem, Jayden, du brauchst dich dafür nicht zu entschuldigen. Ich bleibe an der Arbeit dran und bringe sie dir, sobald sie fertig ist, ja?" Jess war sehr stolz, dass ihr Bild verkauft war und legte erleichtert auf.

Kapitel 6

Sailing

Am übernächsten Tag machte sich Jess auf
den Weg zu Jaydens Galerie. Sie freute sich
auf das Geld, das sie momentan gut
gebrauchen konnte. Sie hatte vor, ihr Zimmer
zu streichen und ein paar neue Accessoires
wollte sie auch kaufen. Sie war gespannt,
wieviel es sein würde.

Sie betrat den offen stehenden
Ausstellungsraum. Sie sah sich um und
entdeckte nach kurzem Suchen ihr Bild. Es
stand hinter Jaydens antikem Schreibtisch
neben zwei anderen auf dem Boden. Sie ging
darauf zu und betrachtete es noch einmal.
Ein letztes Mal, bevor es zu seinem neuen
Besitzer gehen würde.

Plötzlich stand Jayden hinter ihr.

„Hi Jess!", begrüßte er sie und Jess erschrak,
denn sie hatte ihn nicht kommen gehört.

„Hallo Jayden!", rief sie etwas überrumpelt.
„Ich wollte es mir noch einmal ansehen ..."

„Tu das, meine Liebe und ich sage dir, ich
hätte noch drei davon verkaufen können! Ich

hoffe, dein Nachschub lässt nicht mehr allzu lange auf sich warten?"

„Nein, nein. Ich …, bin wie gesagt, fast fertig."

„Dieses Motiv ist immer wieder sehr gefragt, und besonders in dieser eigenwilligen Art, wie du die Skyline herausgearbeitet hast. Respekt, Jess! Obwohl meine Kunden mitunter sehr anspruchsvoll sind!" Er grinste verschmitzt, dann zog er sein Portemonnaie aus der Hosentasche und gab ihr hundertfünfzig Dollar.

„Hey, das ist ja mehr, als ich gedacht hatte!" Jess steckte das Geld freudig ein.

„Es ist nicht zu viel", erklärte Jayden mit Kennermiene.

„Wer hat es denn gekauft?"

„Du kennst ihn – es ist Mr. Johnson!"

„Das ist nicht wahr! Er hat es gekauft?", rief sie aufgeregt und fasste sich an die Stirn.

„Es beweist zumindest seinen guten Geschmack und er hat ein Gespür für die Malerei. Das habe ich ihm gleich angesehen", fügte Jayden mit zufriedenem Ausdruck hinzu. Jess war überglücklich.

„Er bat mich, es noch eine Weile hier lassen zu dürfen."

„Kein Problem, es ist bei dir ja gut aufgehoben", säuselte Jess, dem Himmel ein Stück näher.

„Das will ich hoffen!", entgegnete Jayden und blickte auf seine Armbanduhr. „Entschuldige Jess, ich bin ein wenig in Eile. Abigail und ich feiern heute Hochzeitstag. Ich habe für neunzehn Uhr einen Tisch im *South Edison* reserviert." Er warf erneut einen Blick auf seine Uhr und runzelte die Stirn.

„Kein Problem! Dann viel Spaß und danke für deine Bemühungen, Jayden!" Sie gab ihm die Hand und verließ die Galerie gutgelaunt. Jess nahm den Weg über die Strandpromenade und kam bei den Bootsliegeplätzen vorbei. Plötzlich sah sie Taylor, der sein Boot gerade verließ und sie im selben Augenblick entdeckte.

„Hi Jess! Was für eine Überraschung!"

„Die Überraschung ist ganz meinerseits", entgegnete sie und platzte heraus: „Wie ich von Mr. Harper erfahren konnte, hast du mein Bild gekauft!"

„Ja. Ist das so verwunderlich? Hättest du mehr Geld dafür gewollt?" Sein Ausdruck wechselte von erfreut zu erschrocken.

„Nein, nein. Keine Sorge! Ich war nur erstaunt, dass du es gekauft hast. Ich … hätte es dir nämlich auch geschenkt!", fügte sie leise hinzu.

„Du brauchst es mir nicht schenken, Jess. Dem Bild sieht man seinen Wert durchaus an. Der Preis, den Jayden Harper verlangt hat, ist absolut gerechtfertigt." Jess war beruhigt.

„Im Übrigen: Du darfst mir gratulieren! Ich habe das Boot gekauft." Er wandte sich um und deutete darauf.

„Wow! Das ist ja wunderschön! Und in einem so guten Zustand!", staunte Jess und dachte: Geld scheint bei ihm wohl keine Rolle zu spielen …

„Dann wünsche ich dir viel Spaß mit der neuen Errungenschaft und möglichst viel gutes Wetter!" Sie seufzte innerlich.

„Die Aussichten sind hervorragend bis zum Wochenende. Wie sieht es aus, hast du Samstagnachmittag schon etwas vor? Ich möchte dich auf eine Bootsfahrt einladen." Er nahm seine Sonnenbrille ab und Jess sah tiefe Freude in seinen Augen.

„Das wird leider nicht gehen. Wir haben
Theaterprobe."

„Und du bist jedes Mal unabkömmlich?",
fragte er enttäuscht und ließ die Mundwinkel
hängen.

„Taylor, sie brauchen mich wirklich. Nur
noch ein paar Mal", bedauerte Jess und wäre
seiner Einladung nur zu gerne gefolgt.

„Wie wäre es dann mit einem Abendessen
im Sea Crest Hotel?"
„Das würde klappen. Ich denke, wir werden gegen
achtzehn Uhr mit allem fertig sein. Danach bin ich
verfügbar."

„Deine Chefin hat mir kürzlich von eurem
Küchenchef vorgeschwärmt!", ergänzte Taylor mit
leuchtenden Augen.

„Womit sie absolut Recht hat. Logan ist eine echte
Koryphäe. Seine Hummer-Bisque ist die beste weit
und breit. Die muss man unbedingt probiert
haben!"

„Mrs. Baker scheint ein gutes Händchen für ihr
Personal zu haben." Taylor spielte damit auch auf
Jess an. „Außerdem hat sie mir angeboten, mich an
ihrem Betrieb zu beteiligen."

„Tatsächlich? Verstehst du denn etwas vom
Hotelfach?" Jess taxierte ihn skeptisch, aber Taylor

wischte ihre Bedenken weg: „Es wäre nur eine finanzielle Beteiligung. Aber ich glaube nicht, dass ich auf das Angebot eingehen werde."

Jess zog die Augenbrauen hoch. Sie hatte den Eindruck, dass von Emmas Seite mehr dahinter steckte. Vielleicht wollte sie ihn ja nicht nur finanziell an sich binden? Ein flaues Gefühl beschlich sie.

Taylor schien ihre Gedanken zu erraten. „Ich möchte mich finanziell nicht binden. An nichts und niemanden. Mein künftiges Leben stelle ich mir etwas anders vor."

„Und wie stellst du es dir vor?", fragte Jess mutig.

„Das wird sich zeigen", meinte er ausdruckslos. Jess fühlte aber, dass er nicht so gelassen war, wie er tat. Sie standen eine Weile nebeneinander und blickten auf das Meer hinaus. Über ihnen hörten sie das Kreischen einiger Seevögel, das diese Idylle jedoch nicht im Geringsten störte.

Taylor wandte sich zu Jess und ihre Blicke trafen sich. Ein hoffnungsvolles Lächeln zeigte sich auf seinem Gesicht, als er fragte: „Falls du kommenden Sonntag nicht arbeiten musst, könnten wir ein bisschen hinausfahren. Das Wetter soll noch bis Mitte nächster Woche beständig bleiben."

Jess zögerte und dachte an ihr Bild, das sie unbedingt fertig malen musste. Dann aber willigte sie ein und spürte ihr Herz voll Vorfreude klopfen.

„Dann treffen wir uns wieder hier?" Seine Augen glänzten.

„Passt perfekt. Ich freue mich schon! Dann bis Sonntag!" Jess drehte sich um

und ging zum Parkplatz hinter der Promenade. Sie winkte noch zurück, dann stieg sie in ihren Wagen und fuhr heim.

* * *

Als sie zuhause ankam, duftete es bereits nach Pizza.

„Hallo Jess!" James deckte gerade den Tisch im Esszimmer.

„Hi, Onkel James! Das riecht ja lecker!" Sie gab ihm einen flüchtigen Kuss auf die Wange und holte Getränke und Gläser aus der Küche.

„Du bist ja überaus gut gelaunt, Jess! Hast du eine Beförderung bekommen?" Er gluckste und machte ein gespanntes Gesicht.

„Das nicht, aber stell dir vor, Taylor hat mein Bild, das in Jaydens Galerie ausgestellt war,

114

gekauft! Und er wusste nicht, wer es gemalt hat. Es muss ihm so gut gefallen haben, dass er bereit war, einhundertfünfzig Dollar dafür zu bezahlen!"

„Na, das sind ja mal gute Nachrichten. Dein Talent spricht für sich! Auf deine Malerkarriere, Jess!" Er hielt sein Weinglas hoch, um mit ihr anzustoßen.

„Nun übertreib' mal nicht! Mein Brotjob ist und bleibt ein anderer."

„Man muss dennoch seine Chancen nutzen. Wenn deine Bilder gefragt sind, ist das ein gutes Zeichen. Es wird nicht dein letztes Bild sein, das du verkaufst. Glaub' deinem alten Onkel."

„Cheers!", fügte er an und prostete ihr zu.

„Außerdem hat Taylor mich am Wochenende zu einer Bootsfahrt eingeladen." James machte große Augen.

„Respekt! Das will etwas heißen. Unser Findelkind wird allmählich zugänglicher."

„Ich werde schon noch hinter sein Geheimnis kommen", lachte Jess und schnitt hungrig ein weiteres Stück Pizza ab.

„Hm. Wer weiß, ob wir das wirklich so genau wissen wollen? Das denke ich mir manchmal tatsächlich. Er ist schon ein seltsamer Mensch. Man kann mit ihm über alles sprechen, nur nicht über ihn selbst."

Jess blickte nachdenklich auf ihren Teller.

„Du magst ihn sehr, nicht wahr?"

„Er ist ein interessanter Mann", erwiderte sie knapp. Dass sie Tag und Nacht an ihn dachte und er sie bis in ihre Träume verfolgte, musste Onkel James nicht wissen.

„Er hat übrigens das Boot von Tony Morris gekauft." Jess trank den letzten Schluck Wein aus ihrem Glas. James aber schien nicht überrascht von dieser Neuigkeit zu sein.

„Das hatte ich fast vermutet. Er scheint sich gut auszukennen und vielleicht möchte er ja damit seiner Vergangenheit davonsegeln?" Der Mann füllte sein Glas erneut und kniff die Augen zusammen.

„Als ich ihn das letzte Mal traf, erzählte er mir sogar, dass er auf der Suche nach einem Haus ist," ergänzte er.

„Was nicht ganz einfach sein dürfte. Emma weiß von einem Makler, dass der Markt momentan ziemlich leer gefegt ist. Es wundert mich auch nicht, schließlich ist es wunderschön hier!"

„Es kommt natürlich auf den Preis an. Der

116

entscheidet letztlich", konstatierte James und ließ den letzten Schluck Merlot genüsslich in seinem Mund kreisen.

„Dann denke ich, war es damals eine gute Entscheidung von dir und Tante Margaret, dieses Haus hier zu bauen."

„Da hast du völlig Recht, vor dreißig Jahren sah alles noch etwas anders aus." Ein wehmütiges Lächeln erschien auf seinen Lippen.

„Jess, weil wir gerade beim Thema sind: Ich würde dir gerne dieses Haus vermachen, wenn ich einmal nicht mehr bin. Margaret ist tot, Nachkommen habe ich keine und trotzdem möchte ich, dass es in gute Hände kommt."

„Ist das dein Ernst?" Jess erblasste vor Überraschung und ließ ihren Blick zweifelnd im Raum umherschweifen.

„Ich weiß, das kommt alles etwas plötzlich, aber schließlich bin ich nicht mehr der Jüngste." James Mason kicherte.

„Was man dir aber nicht im Geringsten ansieht!" Jess tätschelte liebevoll seine Hand.

„Trotzdem muss ich mir allmählich Gedanken machen, bevor es eines Tages zu spät ist." Seine Miene wurde wieder ernst.

„Das ist sehr lieb von dir, Onkel James. Aber es ist nicht der Grund, warum ich zu dir gezogen bin."

„Ich weiß, Kleines. Und genau deswegen. Du warst mir eine große Hilfe und bist es immer noch. Du kannst über das Haus verfügen, wie du möchtest. Ich werde es in meinem Testament vermerken, damit es keine Probleme für dich gibt."

Jess nickte dankbar. „Dann hoffe ich, Taylor wird bald fündig. Er hat ja auch einen gewissen Anspruch, wie mir scheint. Aber wenn das Geld keine Rolle für ihn spielt, sieht die Sache gar nicht so schlecht aus, denke ich."

„Er hat Stil, Charisma und Geld, wie ich mitbekommen habe. Daher ist er natürlich auch für Frauen interessant."

„Das konnte ich allerdings auch feststellen. Besonders zwei scheinen sich für ihn zu interessieren …", ergänzte Jess schnippisch.

„Ach ja? Darf man erfahren, um wen es sich dabei handelt?", scherzte James und die Neugier stand ihm ins Gesicht geschrieben.

„Emma und Sam!", platzte sie heraus und eine steile Falte bildete sich zwischen ihren Augenbrauen.

„Nun, die beiden brauchst du wirklich nicht zu fürchten, Jess! Du bist jung, hübsch und als angehende Hausbesitzerin hast du ja wohl auch etwas zu bieten, nicht wahr?" Onkel James nahm ihre Befürchtungen augenscheinlich nicht ernst, dennoch wusste er um ihre Ängste und Hoffnungen.

„Sam ist verheiratet!", versuchte er sie zu beruhigen, denn, auch wenn er nach außen hin spröde wirkte, war es ihm nicht entgangen, dass seine Nichte mehr als nur Sympathie für den geheimnisvollen Mann ohne Vergangenheit empfand.

„Das hat bei Sam nichts zu bedeuten", klärte sie ihn postwendend auf. „Kannst du dich noch an ihre Affäre mit dem Tennisspieler Ben White erinnern? Obwohl es die Spatzen bereits von den Dächern pfiffen, hatte ihr Mann keinen blassen Schimmer davon. Aber was geht es mich an? Ich sollte meine Zeit lieber nicht mit diffusen Mutmaßungen verschwenden, sondern mich um die wirklich wichtigen Dinge des Lebens kümmern. Du hast mal wieder Recht, Onkel James!"

James war froh, sie wieder beruhigt zu haben, denn er konnte es nicht sehen, wenn seine Nichte unglücklich war. Als Jess aufstand, um das Geschirr wegzuräumen und sie ihn mit diesem tiefen Blick streifte, durchfuhr es ihn heiß und kalt. Jess' Gesichtszüge wurden denen von Margaret immer ähnlicher … Er seufzte tief und schenkte sich ein drittes Glas Wein ein.

„Was macht eigentlich euer Theaterstück? Geht es voran?", rief er ihr in die Küche zu und ging währenddessen mit seinem Glas ins Wohnzimmer nebenan. Sie sollte seine glasigen Augen nicht bemerken, die jedoch nicht vom Alkoholkonsum stammten.

„Es läuft alles nach Plan. Wir liegen gut in der Zeit." Jess' Stimme klang wieder heiter.

„Schön zu hören und wie geht es Matt? Ich habe schon länger nichts von ihm gehört." Jess ließ sich Zeit zu antworten.

„Triffst du dich noch mit ihm?" Onkel James war heute ungewöhnlich neugierig. Ob das am Wein lag?

„Nein", kam die Antwort schließlich knapp. „Ich sehe ihn nur bei den Proben und den Besprechungen wegen des Bühnenbilds", fügte sie geschirrklappernd hinzu.

„Er passt auch nicht wirklich zu dir, finde ich." James nahm eine Zeitung und begann, darin zu lesen.

„Kannst du das denn beurteilen?", fragte Jess überrascht.

„Ich habe um Lauf meines Lebens viel Menschenkenntnis erlangt, aber natürlich möchte ich mich nicht einmischen. Es ist nur meine ganz persönliche Meinung", rechtfertigte sich James, der nun das Gefühl hatte, vielleicht etwas zu weit gegangen zu sein.

Jess aber war sich sicher. Sie fühlte sich zu dem Fremden, von dem sie nicht sehr viel wusste, mehr hingezogen, als zu Matt, den sie seit einigen Jahren schon kannte.

* * *

Jess fuhr zur verabredeten Zeit zum Parkplatz bei den Bootsliegeplätzen. Sie war ein paar Minuten zu früh dran, bemerkte sie, als sie auf das Display der Uhr in ihrem Wagen

121

sah. Daher brachte sie nochmals ihre Haare in Form und trug etwas Lippenpomade auf. Dann stieg sie aus und schlenderte auf die Uferpromenade zu. Ein alter Mann saß dort und angelte. Weiter hinten am Steg entdeckte sie Taylors Boot. Einige andere Leute spazierten ebenfalls die Promenade entlang, darunter ein jüngerer, dunkelhaariger Mann und eine blonde Frau, die Händchen haltend auf Jess zukamen. Sie kannte die beiden aus dem Hotel. Vor einigen Tagen waren sie angereist und hatten sich ein Zimmer gemietet. Die beiden gaben ein schönes Paar ab, dachte Jess nicht ganz ohne Neid.

„Haben Sie heute frei?", rief der Mann ihr entgegen.

Sie lachte und nickte. „Hi, Mr. Flanigan! So ist es und ich warte hier auf einen Bekannten, mit dem ich segeln werde."

„Wie schön!", mischte sich seine Frau ein. „Kann man hier Boote auch mieten?" Jess erwähnte den Bootsverleih von Tony Morris und erklärte den Weg dorthin, dann ver- abschiedeten sie sich voneinander und gingen weiter. Jess sah ihnen eine Weile nach und ging weiter bis zu der Stelle, an der Taylors Boot festgemacht war.

Als Jess einen Fuß auf das Boot setzen wollte, tippte Taylor sie von hinten auf die Schulter.

„Hast du mich erschreckt! Jess schwankte ein wenig und zog den Fuß zurück. Beinahe wäre ich ins Wasser …"

„Ich hätte dich aufgefangen!" Taylors blitzendes Lächeln und seine selbstsichere Art ließen Jess dahinschmelzen.

„Dann habe ich ja nichts zu befürchten", erwiderte sie keck, doch das Blut pochte in ihren Adern.

„Ich würde gern ein bisschen an der Küste entlang segeln, was meinst du?" Jess war es egal, wie und wohin sie fuhren, viel wichtiger war, dass sie in seiner Nähe sein konnte.

„Ganz wie du willst. Du bist der Kapitän!", erklärte sie aufgeheitert.

Sie gingen an Board und Taylor gab ihr eine Rettungsweste. „Leg die mal lieber an", meinte er, dann machte er die Leinen los und sie starteten. Jess saß vorne und genoss es, wie der Wind durch ihre Haare fuhr und die Sonne ihr inspirierend ins Gesicht schien. Taylor wirkte angespannt, aber das kam sicher von der Konzentration, die er für den Kurs benötigte. Sie war einfach glücklich und genoss es, mit ihm zusammen zu sein.

Ob er dieselben Gefühle für sie hegte? Vielleicht dachte er ja, zwischen ihr und Matt wäre etwas und dies war der Grund für seine Zurückhaltung. Dann trafen sich ihre Blicke und Jess beschlich ein eigenartiges Gefühl. Sie war sich nun sicher, dass sie irgendetwas mit diesem Mann verband. War es Liebe? War es etwas anderes? Jess war innerlich aufgewühlt und das Gefühl, hier ganz alleine und unbeobachtet mit ihm zu sein, verwirrte sie zusätzlich.

Nach einer Weile stellte Taylor den Motor ab. Der Atlantik war heute einigermaßen ruhig aufgrund der geringen Windstärke.

„Gefällt es dir?", fragte er zweifelnd, denn er konnte ihre Blicke nicht deuten.

„Ich fühle mich sehr wohl. Mit den Leuten von der Theatergruppe haben wir auch hin und wieder Ausflüge mit einem Leihboot gemacht." Taylor musterte sie mit schmalen Augen. Hatte sie etwas Falsches gesagt? Die Theatergruppe? – Ach, er musste an Matt gedacht haben bei diesem Begriff.

„Wollen wir nicht die Segel setzen?", fragte sie daher schnell, um ihn auf andere Gedanken zu bringen.

„Später", warf er in deprimiertem Ton ein.

„Taylor", begann Jess erneut und spürte, wie diese bisher unbekannte Hitze erneut in ihr aufstieg. „Wir …, wir kennen uns nun schon eine geraume Zeit, aber wir wissen so wenig voneinander. Ich möchte ja nicht unhöflich sein, aber …"

„Du kannst ruhig fragen, Jess, aber falls ich über etwas nicht sprechen will, werde ich es dir auch klar sagen." Er klang energisch und zwischen seinen Augenbrauen bildete sich eine Falte.

„Nein, nein. Das ist natürlich klar!", erwiderte Jess und fuhr fort: „Ich weiß, dass du über deine Vergangenheit nicht sprechen möchtest, aber dennoch würde mich unter anderem interessieren, ob du Geschwister hast. Und deine Eltern? Leben sie noch? Wo bist du aufgewachsen?" Jess verhaspelte sich beinahe vor lauter Aufregung.

„Na, das sind ja drei Fragen auf einmal. Also gut: Ich habe eine Schwester, ja. Sie heißt Vivian, ist einiges älter als ich und lebt in den Südstaaten. Das heißt, eigentlich ist sie meine Adoptivschwester."

„Adoptivschwester?"

„Richtig. Meine Eltern … habe ich nie kennen gelernt. Meine Mutter hat mich bald nach der Geburt zur Adoption freigegeben. Ich wuchs in einem Kinderheim nähe Washington auf, bis mich meine Adoptiveltern im Alter von drei Jahren bei sich aufnahmen."

„Das tut mir Leid", warf Jess bestürzt ein und es begann, sich ihr ein Verdacht aufzudrängen.

„Nein, nein. Ich kann nicht klagen, ich hatte es sehr gut bei ihnen und überdies bekamen sie nach ein paar Jahren noch ein weiteres Kind: Christian. So musste ich nicht alleine aufwachsen." Taylor starrte eine Weile schweigend aufs Meer hinaus und es schien, als glitten seine Gedanken weit zurück …

Dann meinte er: „Wenn man die Wellen beobachtet, so hat man das Gefühl, auf ihnen würde alles weit weggetragen werden. Sorgen, Ängste … Das Meer ist ständig in Bewegung, es bleibt kein Zustand, wie er ist. Findest du nicht?" Seine Worte klangen melancholisch. Jess senkte die Lider und blieb stumm.

„Was hältst du davon, eine Kleinigkeit zu essen?", fragte Taylor nach einer Weile.

„Ich hätte nichts dagegen." Sie rieb sich den Bauch. Taylor machte das Boot an der nächstgelegenen Stelle fest und sie gingen an

Land. Aufgrund des schönen Wetters war heute einiges los und beide suchten zielstrebig eine der zahlreichen Fischerkneipen entlang der Straße auf, während Pick-ups durch die Gegend cruisten, die Ladeflächen voll mit Surfboards und Angelruten.

Während sie sich ihre Fischnuggets schmecken ließen, kam Jess auf Emmas Angebot wegen des Hotels zurück.

„Ich werde mich davon distanzieren", erklärte er knapp.

„Und wie hat sie darauf reagiert?" Jess' Neugier wuchs.

„Sie hatte es insgeheim befürchtet. Aber sie nahm es mir nicht übel. Es wäre eine Entscheidung mit weitreichenden Folgen gewesen. Das war mir von Anfang an klar." Er schürzte die Lippen. „Es gibt andere Dinge, denen ich mich lieber widmen würde", meinte er beschwichtigend.

„Hattest du schon Glück bei der Suche nach einem geeigneten Haus?", fragte Jess weiter und trank einen Schluck ihrer Cola. Taylor schürzte die Lippen. „Leider nicht. Es scheint tatsächlich schwierig zu sein. Ich bin bereits in Kontakt mit einem Makler. Er wird sich melden, sobald er etwas Passendes gefunden hat."

Taylor stellte sein Weinglas auf den Tisch und blickte gedankenverloren in den idyllischen Garten, in dem sie saßen und der in die Umgebung perfekt eingebettet war.

„Möchtest du in Montauk bleiben?"

„Warum nicht? Mir gefällt es sehr gut hier. Die Gegend ist wunderschön. Ich werde eben Geduld haben müssen." Er sah sie durchdringend an.

Und das nötige Kleingeld, dachte Jess.

„Kannst du denn so lange ohne Arbeit auskommen, ich meine finanziell?"

Seine Miene erhellte sich. „Eine Zeitlang wird es sicher möglich sein, danach sehen wir weiter." Dabei streifte er unabsichtlich ihre Hand. Anschließend orderte er ein weiteres Glas Rotwein. Jess registrierte es mit leichtem Unbehagen.

„Gelten beim Segeln auch die gängigen Alkoholgrenzwerte?", fragte sie zweifelnd.

„Klar. Aber keine Sorge, ich bin meiner Sinne sehr wohl mächtig, falls du damit auf etwas Bestimmtes anspielst!" Er lachte, dann wurde er ernst. „Wenn *du* an diesem Abend nicht gewesen wärest – ich weiß nicht, wie alles geendet hätte …"

„Taylor, so darfst du nicht denken!", fiel sie ihm ins Wort. „Es ist alles nochmal gut ausgegangen, also belassen wir es einfach dabei."

„Du weißt nicht, wie es dazu kam, Jess. Ich hatte vor, mein Leben zu beenden... Es ist so schrecklich, ich darf gar nicht daran denken, dass ich dadurch andere Menschen in Gefahr gebracht habe!" Seine Hände zitterten. „Die Gedanken verfolgen mich Tag und Nacht!" Jess schluckte und wandte sich ab.

„Hör auf, so zu reden, Taylor! Es hat alles so kommen müssen, auch, dass gerade ich es war, die dir entgegen kam. Nenn es Schicksal. Du solltest nicht sterben, du solltest LEBEN!" Jess' Augen wurden feucht. Er hob den Blick und sah sie mit eigenartigem Ausdruck an. Wieder durchfuhr es Jess heiß und kalt. Taylor leerte sein Glas und rief nach dem Kellner.

Jess zückte ihre Geldbörse. „Du bist eingeladen!" Er protestierte, doch sie ließ sich nicht abbringen.

Während sie zum Boot zurückgingen, blieb Jess plötzlich stehen. „Eine Frage geht mir noch im Kopf herum: Warum wolltest du nicht mehr leben?" Sie sah ihn mit schmalen Lippen an.

„Weil es unmöglich für mich gewesen wäre, so weiterzuleben, wie zuvor. Es … ist auch jetzt noch schwer und auch schwer zu verstehen, wenn man die Hintergründe nicht kennt …" Er seufzte tief.

Taylor setzte die Segel und sie traten den Rückweg an.

„Es war sehr schön, dass du mich heute mitgenommen hast", rief Jess gegen den Wind, der inzwischen zugenommen hatte. Der Wellengang wurde ebenfalls stärker und als Jess aufstand, um nach ihrer Jacke zu greifen, stolperte sie. Taylor fing sie im letzten Augenblick auf. Sie wollte sich gerade aus seinen Armen lösen, dann verharrte sie und ihre Blicke trafen sich. Ohne ein Wort zu sagen, zog Taylor sie an sich und Jess hatte nur den einen Wunsch, dass er sie nie mehr auslassen würde. Dann kam sein Gesicht näher. So nah, bis seine Lippen auf ihre trafen. Sein Kuss war brennend und voll Verlangen. Jess erwiderte ihn leiden-schaftlich und ohne Zurückhaltung und sie spürte, wie das Blut in ihren Kopf schoss. Die Welt um sie herum verschwamm mit dem Schaukeln des Bootes. Sie stöhnte leise, als seine Hände erst durch ihre Haare, dann über ihre Schulter glitten und schließlich ihre Taille umfassten. Doch eine unerklärliche

Angst legte sich in dem Moment wie ein Panzer um ihr Herz.

* * *

„Hey, Jess! Was ist los mit dir? Du solltest uns doch mit dem Text helfen. Ich habe total den Faden verloren. Wie geht es weiter?" Sam funkelte sie genervt vom Bühnenrand an. Sie befanden sich bei einer der letzten Proben für das neue Theaterstück, das bald Premiere haben sollte. In den altmodischen Gewändern sah Sam völlig ungewohnt aus und die Schminke tat ihr Übriges, um sie ziemlich unsympathisch wirken zu lassen.

„Sorry, Sam. Ich ... hatte vergessen, umzublättern."

„Das solltest du aber nicht!", erwidert Sam schnippisch und rückte ihre Perücke zurecht.

„Okay, machen wir weiter", stammelte Jess. Sie hatte den ganzen Tag an Taylor denken müssen, der sich nach der zärtlichen Umarmung am Vortag wieder zurückhaltend benommen hatte. Als ob nichts gewesen wäre, hatte er sich dezent mit einem kurzen Händedruck von ihr verabschiedet. Jess war von diesem Erlebnis bis in ihr Innerstes aufgewühlt. Kein Mann hatte sie bisher so verwirrt wie Taylor.

Kapitel 7

Theater, Theater!

Matt stand plötzlich mit ungeduldiger Miene neben Jess. Ungehalten fauchte er: „Wir wiederholen den letzten Dialog zwischen Sam und Mike noch einmal. Sonst wird das wieder nichts! Und bitte, Jess, konzentriere auch du dich noch eine halbe Stunde, ja?" Er blickte mit hochgezogenen Augenbrauen zu ihr hinab.

„Okay, Matt. Fangen wir nochmal an", meinte sie gelassen. Am liebsten aber hätte sie ihm ins Gesicht geschrien: Dich ärgert es ja nur, dass du mich gestern mit Taylor gesehen hast. Deshalb deine schlechte Laune! Doch diese Blöße wollte sie sich nicht geben. Sie biss sich lieber die Zunge ab. Matt drehte sich um und ging zur Bühne zurück.

Kurz darauf stoppte er erneut die Schauspieler. „Sam, bitte! Du musst mehr Leidenschaft und Herzblut in die Szene legen. Schimpfst du mit deinem Mann auch so? Dann wundert mich gar nichts mehr!" Sam war fassungslos über Matts Dreistigkeit.

„Wieso regst du dich heute so auf, Matt? Das ist doch sonst nicht deine Art!" Matt warf Jess einen eindeutigen Blick zu, sie aber war in ihr Manuskript vertieft und hatte ihn nicht registriert.

Nun mischte sich Sams Partner Mike, der in dem Stück den Liebhaber spielte, ein: „Okay Leute, wir machen nach der Szene Schluss. Mit dieser miesen Stimmung kommen wir heute nicht weiter. Übermorgen beginnen wir noch einmal in Ruhe, ja?" Ein Raunen ging durch die Menge der übrigen Schauspieler. Ein paar davon begannen im Anschluss, die Requisiten abzubauen und wegzubringen. Sam und Mike gingen die Szene gemeinsam noch einmal durch, bemüht, sich darauf zu konzentrieren, während Jess aufstand und das Manuskript in ihre Tasche packte. Dann nahm sie ihre Jacke vom Stuhl und stand auf. Sie sah auf die Uhr. Es war noch genügend Zeit, um sich für den Abend mit Taylor hübsch zu machen, den sie mit ihm bei einem Abendessen im Hotelrestaurant verbringen wollte. Sie dachte unentwegt daran, mit welcher Leidenschaft er sie auf dem Boot geküsst hatte. Er musste etwas für sie empfinden, auch wenn er ansonsten sehr zurückhaltend war.

Jess warf Matt noch einen verstohlenen Blick zu, bevor sie den Raum verlassen wollte. Er stand mit einigen Schausielern beisammen und diskutierte heftig, seine Bewegungen waren eckig und sein Gesichtsausdruck beinahe zornig. Als hätte er Jess' Blicke gespürt, drehte er sich um. Als sie es bemerkte, wandte sie sich schnell ab, um zu gehen. Im selben Augenblick kam Matt auf sie zugeschossen.

Mit hochrotem Kopf und angespannter Miene begann er: „Hast du noch ein paar Minuten Zeit?"

„Eigentlich nicht", schwindelte sie, denn sie hatte keine Lust auf irgendwelche Diskussionen, von denen sie zuvor schon wusste, in welche Richtung sie laufen würden.

„Ich war heute nicht gut im Souflieren, ich weiß."

„Kann jedem passieren", beschwichtigte er. „Aber du machst dich sehr rar hier in letzter Zeit. Das ist Absicht, nicht wahr? Sag' jetzt nichts, ich weiß es, ich habe euch bei seinem Boot gesehen. Bist du nun mit ihm zusammen?" Er sah sie mit Augen an, in denen sich Hoffnung und Eifersucht gleichermaßen spiegelte. Fast tat Matt ihr in dieser Verfassung Leid. Er konnte ihr nichts vormachen. Dazu kannte sie ihn zu lange. Jess verschränkte die Arme.

„Nein, ich hatte nur sehr viel zu tun. Jayden wartet auf weitere Bilder von mir und meine Arbeit im Hotel lassen nicht viel Zeit übrig …"

„Das sind doch nur Ausreden! Für Taylor hast du auch Zeit!" Er sah sie giftig an.

„Na und? Ich bin dir keine Rechenschaft schuldig, Matt. Habe ich mich damals nicht klar genug darüber ausgedrückt, was uns beide betrifft?"

„Du fällst genau wie alle anderen auf ihn herein. Lass es dir gesagt sein und sag' mir hinterher nicht, ich hätte dich nicht gewarnt!" Jess zuckte belanglos mit den Schultern.

„Glaubst du wirklich, dass du die Einzige für ihn bist?" Mit hämischem Lachen zog er ab und ließ Jess einigermaßen verdattert zurück.

„Matt! Verdammt!" Jess hatte trotz ihres unterdrückten Zorns plötzlich ein schlechtes Gewissen. Sicher hatte sie es bewusst vermieden, ihn öfter als nötig zu sehen. Aber sie wollte nicht im Streit mit ihm ausein-andergehen. Sie schluckte und sah zu, hinauszukommen. Sie konnte es hier keine Sekunde länger ertragen. Auch wenn Matt in gewissem Sinn Recht hatte, konnte Jess nichts von ihrer Liebe zu Taylor abbringen. Auch wenn er eines Tages einfach wieder verschwinden würde.

* * *

Jess betrat gegen Abend voller Vorfreude das Sea Crest Hotel. In der Lounge stand Emma und sprach wild gestikulierend mit einem Gast. Als sie Jess entdeckte, verabschiedete sie sich schnell und stöckelte gekonnt auf ihren High Heels auf sie zu. Emma sah auf ihre Uhr, aber Jess lächelte beruhigend. „Ich weiß, ich bin etwas zu früh dran."

„Kein Problem, dann können wir ja gleich noch etwas besprechen, Jess: Könntest du künftig noch ein paar Stunden mehr die Woche arbeiten? Momentan komme ich kaum noch um die Runden und seit unsere Teilzeitkraft Jenny sich zusätzlich um ihre Mutter kümmern muss, kommt sie auch nur noch zwei Mal die Woche. Es wird allmählich etwas eng." Emma spielte nervös an ihrem Brillantring. Sie hatte tiefe Falten um die Augen bekommen. Der derzeitige Stress tat ihr nicht gut.

„Gut, ich werde es mir überlegen. Aber du weißt, dass ich auch noch andere Dinge zu erledigen habe", erklärte Jess nach kurzer Überlegung.

„Tu das bitte, und sag mir bald Bescheid. Ansonsten müsste ich tatsächlich darüber nachdenken, noch jemanden einzustellen, was ich aber vermeiden möchte, denn der Hochbetrieb in diesem Jahr ist außergewöhnlich und entspricht nicht der Regel." Sie unterschrieb unterdessen ein paar Formulare.

„Im Übrigen", begann sie nebenbei. „Wie war dein Segeltörn mit Mr. Johnson?"

Jess nahm sie beim Wort: „Es war kein Törn, wir sind nur an der Küste entlang gefahren. Aber es war schön und wir hatten Glück mit dem Wetter." Sie tat so, als bemerkte sie Emmas neidvolle Blicke nicht.

„Und überdies das Glück, mit einem gutaussehenden und anscheinend auch vermögenden Mann wie Taylor zusammen gewesen zu sein …", ergänzte Emma gequält und zupfte an ihrem Rock.

Wenn du wüsstest, dass ich einen Mann wie Taylor auch geküsst habe … und sein Kuss sooo gut war … Jess behielt diese Erfahrung jedoch lieber für sich. Es war zwar nicht zu übersehen, dass Emma gerne an Jess' Stelle gewesen wäre, aber so war das Leben nun einmal.

Während Emma sich um die eben neu ange-kommenen Hotelgäste kümmerte, verschwand Jess kurz auf der Toilette und gab einen Spritzer Dolce & Gabbana auf ihr Dekolleté und etwas Puder ins Gesicht. Sie wollte so hübsch wie möglich für Taylor aussehen. Und man wusste ja nie, wie der Abend enden würde …

Als sie wieder auf den Gang trat, lief sie Taylor fast in die Arme.

„Hi, Jess! Ich hoffe, du hast nicht allzu lange gewartet?" Er klang kühl.

„Nein, nein. Ich hatte mit Emma noch etwas zu besprechen. Sie möchte, dass ich mehr Stunden als bisher arbeite." Jess bemühte sich, ruhig zu wirken, aber ihre Nerven flatterten.

Taylor besaß heute wieder jene kühle Distanz, die fast arrogant an ihm wirkte und Jess immer wieder verunsicherte. Sie gingen nebeneinander her zum Speisesaal.

„Hast du schon einmal hier gegessen?", fragte Taylor in Erwartung einer positiven Antwort.

138

„Um ehrlich zu sein: Nein. Aber die Leute schwärmen immer, wie gut es sein soll und ich habe auch schon einen Blick in die Tageskarte werfen können. Du darfst dich freuen! Es gibt heute kulinarische Köstlichkeiten aus dem mediterranen Bereich."

Sie nahmen an einem Tisch am Fenster Platz und die Bedienung brachte gleich die Speisekarte. Taylor bestellte sich **Lobster mit gebackenen Kartoffeln** und Jess nahm Lachsfilet an Balsamicocreme mit Gemüse. Dazu tranken sie einen trockenen Weißwein.

„Warum bist du so schweigsam?", fragte er und schnitt ein Stückchen von seinem leckeren Gericht ab.

„Es gab eine unschöne Diskussion mit Matt", antwortete sie knapp, denn sie hatte keine Lust, wieder daran erinnert zu werden.

„Er will es nicht begreifen, dass ich nichts von ihm will. Ich …" Sie legte zärtlich ihre Hand auf seine. Fast unmerklich begann sie, mit seinen Fingern zu spielen und er ließ sie gewähren.

„Für manche Männer ist es nicht einfach, eine Abfuhr zu bekommen." Jess fragte sich, ob er aus Erfahrung sprach.

„Er muss es akzeptieren!" Jess' Miene verfinsterte sich. „Egal, ob das seine männliche Eitelkeit kränkt oder nicht!"

In diesem Augenblick entdeckte Jess durch die Glastür des Restaurants hindurch Mr. Flanigan und seine Frau. Die beiden erschienen in sehr elegantem Outfit und waren offenbar im Begriff, ebenfalls hier zu speisen. Jess verfolgte das Paar mit ihren Blicken. Kurz darauf sah Taylor auch in ihre Richtung. Sofort gefror sein Ausdruck im Gesicht und er sprang geräuschvoll auf. Dabei stieß er mit dem Stuhl an den Tisch, so dass die Gläser wackelten.

Er wurde blass und stotterte: „Sorry, Jess, ich … bitte, lass uns sofort gehen. Ich kann hier unter keinen Umständen bleiben. Bitte!" Seine Stimme klang flehend, fast panisch.

Jess stand nun auch auf. „Was ist denn? Ist es wegen den beiden?" Sie nickte zum Ehepaar Flanigan, das gerade hinter einem Mauervorsprung verschwand und sich im entgegengesetzten Teil des Speisesaals an einem Tisch niederließ.

Gerade kam auch die Bedienung an den Tisch von Jess und Taylor, um das Geschirr abzuräumen und wunderte sich über sein überstürztes Verschwinden.

„Entschuldige, Sheila, aber Mr. Johnson fühlt sich auf einmal nicht besonders gut. Ich muss mich um ihn kümmern. Schreibe bitte alles auf die Rechnung, ich erledige das morgen, ja?" Sie schnappte ihre Handtasche, dann rannte auch sie aus dem Restaurantbereich.

Jess stürmte durch das Foyer und den Hoteleingang. Sie suchte Taylor draußen und fand ihn schließlich hinter dem Parkplatz an einen **Baum** gelehnt. Als sie außer Atem vor ihm stand, begann er stockend: „Es tut mir Leid, Jess, aber ich konnte nicht mehr dort bleiben. Ich habe mich wohl ziemlich blamiert, was? Ich bin ein Volltrottel!"

Jess schluckte und flüsterte: „Schon gut, Taylor. Es ist ja nichts passiert! Kanntest du dieses Paar etwa?"

„Ja", erklärte er abgehakt. „Den Mann kannte ich, noch bevor ich hierher kam …" Jess nahm beruhigend seine Hand. „Wollen wir ein bisschen Spazierengehen? Wenn du darüber reden willst …"

„Ich möchte im Moment nicht darüber reden, aber ein Spaziergang wäre sicher gut. Sieh dir diesen wunderbaren Sonnenuntergang an! Man meint, die Sonne stürzt ins Meer, nicht wahr?"

Jess betrachtete ihn mit gemischten Ge-fühlen. Schließlich meinte sie: „Manchmal scheint alles über einem einzustürzen, genau wie die Sonne dort. Doch sie taucht am nächsten Tag wieder auf und geht ihren Weg, bis sie wieder am Zenit steht."

„Das hast du schön gesagt! Das trifft wahrscheinlich auf mich zu", meinte er niedergeschlagen. „Aber gut, gehen wir ein bisschen. Vielleicht kann ich das Erlebnis damit ein wenig verdrängen."

* * *

Als Jess am Wochenbeginn zur Arbeit erschien, traf sie auf eine gut gelaunte Chefin. Diese wischte auch Jess' letzte Befürchtungen wegen der Erhöhung ihrer Arbeitsstunden beiseite. Sie hatte tatsächlich auf die Schnelle eine Dame gefunden, die kurzfristig einspringen konnte. Emma lächelte und fragte beiläufig: „Wie war dein Wochenende?"

„Danke", erwiderte Jess knapp, denn in Wirklichkeit hatte sie noch lange über den Vorfall gegrübelt. Taylors Laune war auch mit dem Spaziergang am Meer nicht viel besser geworden. Er war die meiste Zeit wortkarg und in Gedanken versunken. Auch zum Abschied küsste er sie nur halb so leidenschaftlich wie auf dem Boot.

Emma hatte die Geschichte vom flucht-
artigen Verlassen des Restaurants der beiden
natürlich mitbekommen. Sie übergab Jess die
Rechnung der Kellnerin und hakte besorgt
nach: „Ist es etwas Ernstes bei Mr. Johnson?"

„Nein, nein. Nur eine Magenverstimmung",
schwindelte sie und vertiefte sich in ihren
Terminkalender.

„Seltsam ist es trotzdem. Mr. Johnson hat
gestern kein einziges Mal sein Zimmer verlassen. Den ganzen Tag hing das Schild
„Bitte nicht stören" vor seiner Tür.

„Er wollte sicher nur seine Ruhe haben und
wenn einem nicht wohl ist, ist das doch nur
verständlich!", erwiderte Jess gereizt. Ihr war
nicht nach Spekulationen über Taylors ver-
meintlich angeschlagenen Zustand zumute.
Emma schien es zu spüren. Sie nahm ihre
Handtasche und die Autoschlüssel. „Ich habe
noch einen Banktermin. Bis später!" Sie ließ
Jess allein und ging mit erhobenem Haupt
durchs Foyer und nach draußen.

Zuvor hatte Jess sich erkundigt, ob das Ehepaar Flanigan schon abgereist war, was ihr
Emma nickend bestätigte.

Jess sah verstohlen auf ihre Uhr. Es war
heute ruhig im Hotel. Sie konnte sicher für

143

ein paar Minuten ihren Platz verlassen und nach oben gehen. Schnell lief sie die Stufen hinauf und klopfte. Taylor öffnete die Tür. Überrascht bat er sie hereinzukommen. Sie streckte die Arme nach ihm aus und umarmte ihn hingebungsvoll.

„Mr. und Mrs. Flanigan sind gestern abgereist, wenn das für dich wichtig ist?" Jess ließ die Frage im Raum stehen, da Taylor sich schulterzuckend abwandte und zum Fenster ging.

„Danke Jess!", murmelte er nur.

„Ich muss wieder hinunter, sonst werde ich noch vermisst", erklärte sie mit halbem Lächeln. Jess stand hinter ihm und legte die Hand auf seine Schulter."

Taylor drehte sich herum. „Schon okay. Wann sehen wir uns wieder?" Sein Gesichtsausdruck hatte etwas Eigenartiges an sich. Etwas, das Jess aufwühlte. Aber sie ließ es sich nicht anmerken und meinte gelassen: „Gegen fünfzehn Uhr, wenn nichts Wichtiges dazwischenkommt."

„Treffen wir uns auf dem Boot?", fragte er.

„Gut. Bis später!" Sie drückte die Tür zu und lief zum Empfang hinunter.

Jess hatte Herzklopfen, als sie gegen halb
Vier das Hotel verließ und sich zum Boots-
liegeplatz aufmachte. Taylor hatte sich heute
Morgen im Hotel sehr eigenartig verhalten
und eine diffuse Unruhe ergriff Besitz von
ihr.

Vom Steg aus sah sie Taylor in der Kabine
verschwinden und ging verhalten an Bord.
Innen überraschte er sie mit einer Tasse
frisch gebrühtem Kaffee.

„Hi Jess!" Über sein Gesicht huschte ein
Lächeln. „Setz' dich!" Er nahm ihren Kopf
zärtlich in die Hände und küsste sie sanft auf
die Lippen.

„Jess, ich … „ Er faltete die Hände auf
seinem Schoss und kam sofort zur Sache.
„Ich möchte dir sagen, dass ich …, dass ich
Montauk verlassen werde!"

Jess schluckte. Sie glaubte, sich verhört zu
haben. Das konnte jetzt nicht sein Ernst sein!

„Aber …, du wolltest doch hier ein Haus
kaufen und dich niederlassen. Ich …" Ihr
stand der Mund offen.

„Das wollte ich auch. Zunächst. Aber ich
muss zurück – dorthin, wo ich herkomme
…"

145

„Aber …, aber das kann nicht sein!",
stammelte sie und merkte, dass sich alles um
sie herum zu drehen begann. War alles nur
ein Traum gewesen? Ein Traum, der gerade
erst begonnen hatte und sich dennoch schon
wieder in Realität auflöste? Jess schluckte
den bitteren Geschmack, der nur Abschied
bedeuten konnte, krampfhaft hinunter. Sie
spürte, wie ihre Hände zu zittern begannen,
wie alles in ihr zu zittern begann.

„Hat deine Entscheidung etwas mit den
Flanigans zu tun?" Ihre Stimme brach. Als
Taylor nur starr vor sich hin guckte, flüsterte
sie kraftlos: „Sie haben dich an dem Abend ja
gar nicht entdeckt."

Taylor straffte sich und erklärte ihr: „Es ist
egal, um wen es sich handelt, es kann so oder
so jederzeit irgendjemand aus meiner
früheren Zeit auftauchen. Es hat keinen Sinn,
sich länger zu verstecken, davonzulaufen.
Vielleicht kannst du das ein bisschen verstehen?" Erst jetzt fielen ihr seine dunklen
Augenringe auf. Er wirkte fahl und eingefallen. Jess ahnte, dass durch die Begegnung
mit den beiden in ihm etwas ausgelöst
worden war. Jess begann zu schluchzen. Sie
konnte die Tränen nicht mehr zurückhalten.

„Bitte Taylor! Geh nicht! Bleib hier! Du hast
dich hier wohl gefühlt. Warum willst du

wieder zurück? Du kannst Geschehenes damit auch nicht wieder ungeschehen
machen." Sie sah ihn eindringlich an, doch er
wirkte bei Weitem nicht so entschlossen, wie
er tat. War das ihre Chance?

„Sicher hast du Recht, ich kann weder durch
Flucht noch durch Umkehr irgendetwas
ungeschehen machen, aber …, vielleicht
kann ich sowieso nie mehr wirklich glücklich
sein …"

„Taylor, so etwas darfst du nicht sagen, nicht
einmal denken! War es denn soo schlimm,
was du erleben musstest?" Jess wischte ihre
tränennassen Wangen ab. „Ich liebe dich,
Taylor!" Endlich war es draußen und Jess
fühlte sich trotz allem erleichtert.

„Du würdest mich nicht lieben, wenn du
wüsstest, was geschehen ist." Seine Miene
blieb starr. „Du bist das Beste, was mir je
begegnet ist. Oh, Jess! Du hast einen besseren
Mann verdient! Ich werde zurückgehen und
mich allem stellen. Nur so kann ich es
irgendwann aufarbeiten. Ich bin immer noch
der Meinung, dass jeder Mensch eine zweite
Chance verdient hat!" Er presste die Lippen
aufeinander.

„Du bedeutest mein Leben für mich!",
wisperte sie tränenerstickt. „Bitte, Taylor, sag

mir wenigstens, was passiert ist. Es ist so wichtig für mich, es zu wissen. Steht etwa … eine andere Frau zwischen uns?"

„Nein, Liebes, es gibt keine andere Frau. Es gibt nur dich!"

Er strich ihr übers Gesicht und begann sie zu küssen und seine Küsse wurden leidenschaftlicher. So leidenschaftlich wie das erste Mal, als er sie auf dem Boot geküsst hatte. Schließlich verlor sie sich immer mehr in seinen Liebkosungen und vergaß die Welt um sich herum. Zum ersten Mal spürte sie, wie gewaltig die Wellen der Liebe sein konnten, auf denen ihr Körper sich lustvoll bewegte und die Taylor rhythmisch erwiderte. Bis beide nach einer Weile erschöpft wieder voneinander abließen …

Taylor strich ihr eine feuchte Haarsträhne aus dem Gesicht. „Du bist wundervoll, Jess. Du bist ein so wertvolles Geschöpf!" In seinen Worten lag Traurigkeit. „Vielleicht komme ich ja irgendwann wieder, wenn alles ausgestanden ist. Dann kann ich dir wahrscheinlich alles besser erklären als jetzt. Nimm es mir bitte nicht übel und wenn du auf mich warten möchtest, wäre das die Erfüllung meines Lebens."

Er setzte sich auf und stieg aus dem

schmalen Bett. Jess konnte den Zwiespalt in seinem Gesicht förmlich ablesen. Sie wagte es aber nicht, erneut nach dem Grund für seine Abreise zu fragen. Sie wiederholte nur, worum sie zuvor schon verzweifelt gebeten hatte: „Bitte bleib hier, Taylor!"

„Nein. Ich habe meine Entscheidung reiflich überlegt. Mein Entschluss ist unumstößlich." Er drehte sich zur Tür.

„Bitte, Jess, sei vernünftig und mach' es mir nicht so schwer!" In Taylors Innerem entbrannte ein Kampf der Gefühle mit dem Verstand.

Jess sah ihn aus verständnislosen Augen an und wischte sich die Tränen vom Gesicht. Dann lief sie schnell von Deck und auf dem Steg zurück bis zur Strandpromenade, ohne sich noch einmal umzudrehen. Wie in Trance stieg sie auf dem Parkplatz in ihren Wagen und fuhr nach Hause.

* * *

Jess hatte es gerade noch bis ins Haus geschafft. Ihr war übel und sie fühlte sich elend. Große Verzweiflung machte sich in ihrem ganzen Körper breit. Sie wankte ins Bad und musste sich übergeben. James, der sie kommen hörte, erschrak angesichts ihres erbärmlichen Zustands.

„Um Gottes Willen, Jess! Was ist denn passiert?", fragte er entsetzt.

Jess saß auf dem Badewannenrand und trocknete ihr Gesicht mit einem Handtuch ab. „Es ist furchtbar, Onkel James! Taylor hat gesagt, dass er Montauk verlassen wird! Es ist so …, ich glaube es einfach nicht!" Sie fing wieder zu weinen an. James nahm sie in seine Arme und streichelte beruhigend über ihren Kopf.

„Für mich ist es gar nicht so überraschend, wenn ich ehrlich bin. Er ist vor etwas geflohen und hat geglaubt, er könnte hier seiner Vergangenheit entkommen. Das funktioniert nicht auf die Dauer. Das Geschehen holt dich eines Tages ein."

Jess sah ihn einigermaßen überrascht an. „Du wusstest etwas? Hat er mit dir darüber gesprochen? Onkel James, sag mir die Wahrheit! Ich will wissen, was passiert ist!"

„Nein, Jess. Er hat nicht mit mir darüber gesprochen. Aber man sieht es ihm an, dass er etwas zu unterdrücken versucht. Ich habe es schon früh gemerkt, vielleicht noch früher als du!" Er kicherte verhalten.
„Ich verstehe das alles nicht." Sie verschränkte demonstrativ die Arme.

„Ich denke, er liebt dich wirklich und hat
Angst, alles kaputt zu machen, wenn er dir
die Wahrheit sagt."

„Aber jetzt solltest du erst einmal etwas
trinken. Du bist ja kreidebleich! Ich möchte
nicht, dass du mir noch umkippst." Er sah sie
besorgt an und war im Begriff, in die Küche
hinunter zu gehen.

„Es geht schon wieder, Onkel James. Ich war
nur wie betäubt von seiner Nachricht, aber
ändern werde ich seinen Entschluss wohl
nicht können."

James kam mit einem Glas Mineralwasser ins
Badezimmer zurück und Jess nahm es
dankend an. Gierig trank sie ein paar
Schlucke.

James betrachtete seine Nichte eingehend,
dann meinte er mit gesenktem Blick: „Jess,
ich möchte es dir nicht vorenthalten. Ich
weiß ein bisschen mehr über ihn als du. Aber
ich habe nicht mit ihm gesprochen. Ich habe
…, sozusagen über ihn recherchiert – im
Internet."

Jess ließ beinahe das Glas fallen. „Im
Internet? Das glaube ich nicht. Onkel James,
du musst mir alles erzählen. Ich muss alles
wissen, hörst du?" Jess spürte, wie ihr das
Blut in den Kopf schoss.

„Ich hoffe, du bist in der richtigen Verfassung dazu", zweifelte James und sah sie unentschlossen an.

„Du kannst beruhigt sein, es ist alles okay!", versicherte sie und holte tief Luft.

„Dann lass uns erstmal hinunter gehen." Er reichte Jess väterlich die Hand und half ihr hoch.

„Alicia Monroe – sagt dir dieser Name etwas?", fragte James mit wässrigen Augen, nachdem sich beide in der Küche hingesetzt hatten.

Jess überlegte. „Nicht wirklich. Muss man die Dame kennen?"

„Nun, sie war eine …, sagen wir mäßig bekannte Schauspielerin."

„Ach ja und wieso sagst du, sie *war*? Ist sie gestorben?" Ihr Interesse wuchs.

„Ja. Sie ist tot. Sie wurde nur fünfunddreißig Jahre alt. So alt wie Taylor ist."

„Ich verstehe nicht ganz …", fiel Jess ihm ins Wort.

„Gleich wirst du, Liebes: Alicia Monroe war Taylors Frau …" Betretenes Schweigen herrschte einen Moment zwischen beiden.

„Es war Totschlag – so urteilten zumindest die Geschworenen beim Gerichtsverfahren, das gegen Taylor eingeleitet wurde und sprachen ihn schließlich frei", erklärte James bedächtig und beobachtete die Reaktion seiner Nichte.

„Oh mein Gott! Nun wundert mich gar nichts mehr! Aber zumindest hat er sie nicht vorsätzlich umgebracht, sonst wäre er ja wegen Mordes angeklagt worden, nicht wahr?" Sie sah James mit flehenden Augen an, in denen sich auch leiser Zweifel spiegelte.

„Keine Sorge, Jess. Soweit ich gelesen habe, muss die Dame während eines Streits mit ihm über einen Stein gestolpert sein und sich beim Sturz das Genick gebrochen haben. Wirklich tragisch, das Ganze." Er schüttelte immer wieder den Kopf.

„Er tut mir so leid! Nun verstehe ich alles erst", erwiderte Jess mit hängenden Schultern und war fassungslos.

„Stand noch mehr über diesen Streit geschrieben? Es muss ziemlich heftig gewesen sein. Hatte er sie geschlagen oder gestoßen?"

„Wutentbrannt muss er Alicia in seinem Garten am Arm gepackt haben, als sie das Weite suchen wollte, hieß es. Dann riss sie sich los und dabei stürzte sie rücklings über ein aus der Erde herausragendes Stück Felsen. Taylor hatte sich zuvor einige Tage auf einem Kongress für Schönheitschirurgen befunden. Als er zurückkehrte, überraschte er seine Frau auf der Hollywoodschaukel in flagranti mit einem Schauspielerkollegen."

„Das tut weh! Und deswegen also der Streit!" Jess pustete und folgerte: „Taylor ist Schönheitschirurg?"

„Ja, ist er und sogar ein ziemlich erfolgreicher. Er muss aber auch seine Finger bei diversen Börsengeschäften im Spiel haben. Ja, ich denke, Taylor wäre eine gute Partie gewesen – um nicht zu sagen: Eine sehr gute …"

„Du machst mich neugierig!", hakte Jess nach.

„Ich habe ein Bild von seiner Villa gesehen und ich kann dir sagen: Nur vom Feinsten! Aber sieh einfach selbst im Netz nach, wenn du mir nicht glaubst."

„Natürlich zweifle ich die Richtigkeit deiner Behauptungen nicht an. Aber – mir kommt da gerade eine Vermutung: Wurde der Name des Mannes, mit dem Taylors Ehefrau eine Affäre hatte, in dem Artikel auch erwähnt?"

James überlegte. „Ich glaube, er hieß Flanigan. Sicher bin ich mir aber nicht mehr."

„Dann wird mir jetzt noch einiges klar: Ein gewisser Mr. Flanigan hat sich kürzlich mit seiner Frau bei uns im Hotel eingemietet. Als ich neulich mit Taylor beim Dinner im Hotelrestaurant war und er diesen Mann dort entdeckte, wollte er nur noch eines - weg! Ich wusste erst nicht wieso und dachte, ihm wäre vom Essen übel geworden. Aber nun weiß ich die Ursache für seine Flucht aus dem Lokal und womöglich ist Mr. Flanigan auch der Grund für seine überstürzte Abreise."

„Glaubst du, er will in seiner Heimat mit ihm abrechnen? Vielleicht auch ihm etwas antun?" James Mason wischte sich mit der Hand über die Stirn.

„Das kann ich mir nicht vorstellen", entgegnete Jess entrüstet. „Auch wenn dieser Mann Taylor viel Unglück gebracht hat. Ich glaube, dass das Erscheinen von Mr. Flanigan ihn wieder in seine Vergangenheit geholt hat. Es hat ihn wohl aufgerüttelt. Vielleicht sucht er ja auch eine Aussprache?"

„Das sind alles Spekulationen, Jess. Solange er uns nichts erzählen will, kann man nur Mutmaßungen anstellen."

„Ich finde es jedenfalls charakterstark von ihm, sich dem zu stellen, was passiert ist. Es ist allemal besser, als davonzulaufen. Man läuft ja quasi vor sich selbst davon und das funktioniert nicht."

„Jedenfalls nicht lange, das siehst du nun", fügte James an. Jess stützte den Kopf in die Hände. „Ich hoffe, seine Liebe zu mir ist stark genug. So stark, dass er wieder zurückkommt. Ich hoffe es so sehr!" Ihre Augen wurden wieder feucht.

„Das denke ich doch", vermutete James. „Er liebt dich wahrscheinlich mehr, als du ahnst. Ich habe den Eindruck, er ist eine starke Persönlichkeit. Lass ihn gehen, Jess, und mache ihm die Entscheidung nicht schwerer als sie ist. Ich sage dir das jetzt als Mann."

Sie sah ihren Onkel mit großen Augen an.

Dann schnäuzte sie sich und nickte. „Ich werde es versuchen." Schweren Herzens stand sie auf und ging schlapp auf ihr Zimmer.

* * *

Jess kaute angespannt auf ihrer Lippe, als an diesem Abend die erste öffentliche Aufführung des neuen Theaterstücks stattfand. Sie betrachte mit kritischen Blicken ihr Bühnenbild und war zufrieden. Es passte alles zusammen und fügte sich hervorragend in die Zeit ein, in der das Stück spielte. Die Schauspieler waren gut eingespielt und konzentriert. Der Text saß. Jess fiel ein Stein vom Herzen und je weiter das Stück voran-schritt, desto gelöster wurde sie. Neben ihr saß Onkel James, der das Stück ebenfalls gebannt verfolgte.

Das Publikum klatschte großen Beifall, als die Pause begann. Jess stand auf, um sich ein Erfrischungsgetränk aus dem Automaten zu holen. Plötzlich stand Jayden hinter ihr. „Ein gelungenes Stück, das harte Arbeit hinter sich hat. Meine Hochachtung, Jess. Ohne dein Bühnenbild wäre die Wirkung nur halb." Jaydens Lob tat Jess unendlich gut und bestärkte sie, sich auch bei künftigen Projekten wieder zu engagieren.

Jayden machte eine bedeutende Geste und meinte grinsend: „Aber natürlich wäre es schöner, wenn du dich noch mehr mit der Malerei beschäftigen würdest.

„Jayden, du bist unersättlich! Ich kann nur *ein* Bild nach dem anderen malen und habe dir bereits mehrere Arbeiten gegeben. Irgendwann sind meine Möglichkeiten auch erschöpft und die Saison neigt sich allmählich auch dem Ende zu, vergiss das nicht."

„Bilder kann man immer verkaufen und dein Stil kommt bei den Leuten im Moment gut an."

„Ich weiß und es macht mich auch total glücklich, dass ich den Leuten dadurch ein wenig von meinem Innenleben vermitteln kann. Bilder sind meine inneren Erlebniswelten, da läuft etwas ganz Bestimmtes in mir ab, verstehst du?"

„Das klingt sehr poetisch", meinte er respektvoll.

„Ist es im Grunde auch."

„Aber es ist auch ein Geschäftszweig. Einen
…, den du noch nicht wirklich erkannt hast",
wandte Jayden ein. „Ich hätte da ein paar
Ideen: Ich könnte mir gut vorstellen, dass du
zum Beispiel auch nach Auftrag arbeitest.
Was hältst du davon?"

„Jayden, du bist ein unverbesserlicher
Idealist."

„Eher ein Realist, würde ich sagen – und ein
Geschäftsmann. Was ist daran verkehrt?"

Jess hob unschlüssig die Schultern. „Ich weiß
es nicht. Es ist ein großer Unterschied, ob ich
aus freien Stücken male oder auf Befehl und
ich kann dir nicht garantieren, ob meine
Bilder dann noch gut wären."

„Okay", meinte er seufzend. „Lassen wir das
Thema. Die Pause ist ohnehin gleich zu
Ende." Er klopfte ihr zwinkernd auf die
Schulter.

„Hast du etwas von Mr. Johnson gehört?",
fragte er beiläufig, während er ein Stück
seines belegten Canapés im Mund
verschwinden ließ.

„Leider nichts bisher", gab sie ohne
Umschweife zu.

Jayden schürzte die Lippen. „Wahrscheinlich
wird man nie mehr etwas über ihn

herausbekommen."

Jess senkte ihre Lider. „Das fürchte ich auch."

Jayden blickte auf seine Uhr. „Tja dann …, ich denke, es ist Zeit, wieder auf unsere Plätze zu gehen." Er deutete in Richtung der Bühne, auf der sich bereits die Schauspieler formatierten und letzte Änderungen am Bühnenbild durchgeführt wurden.

„Bis später!", verabschiedete er sich und steuerte auf die nun wieder gut besetzten Besucherreihen zu.

Jess sah ihm nachdenklich hinterher. Sie befand sich in einem Zwiespalt. Natürlich wollte sie sich Jaydens Geneigtheit, was ihre Bilder betraf, nicht aufs Spiel setzen. Er war von ihr überzeugt und unterstützte sie, wo er nur konnte. Auf der anderen Seite war die Malerei auch eine Sache der Muse und die küsste Jess momentan nicht besonders oft. Wenn Taylor nur bei ihr wäre … Sie verdrückte sich eine Träne und setzte sich ebenfalls wieder auf ihren Platz. Das breite Lächeln ihres Onkels, der neben ihr saß, munterte sie wieder auf und als er stolz ihre Hand drückte, fühlte sich das sehr beruhigend an.

Kapitel 8

Abschied

Fast ein Jahr war inzwischen vergangen. Die allmählich wärmer werdenden Tage waren einem langen und kalten, aber schneearmen Winter gefolgt. Jess genoss die ersten Sonnenstrahlen, die ihr ins Gesicht schienen, als sie das Sea Crest Hotel nach Dienstschluss am frühen Nachmittag verließ. Sie blinzelte in den weißblauen Himmel. Dieser zarte Frühlingstag erinnerte sie sehr an die Zeit mit Taylor, doch es kam ihr inzwischen beinahe unwirklich vor.

Sie steuerte auf ihren Parkplatz hinter dem Hotel zu und bemerkte einen Wagen von der Art, wie Taylor ihn gefahren hatte. Ein kurzes, wohliges Gefühl streifte sie, dann kehrte die Realität zurück. Er war ja weg und es schien, als würde er auch nicht mehr zurückzukommen. Jess zwang sich, an etwas anderes zu denken. Sie fischte den Autoschlüssel aus ihrer Handtasche und wollte gerade auf die Fernbedienung drücken, als sie aus dem Augenwinkel heraus sah, wie jemand aus dem Wagen in der Nähe stieg.

„Taylor!", entfuhr es ihr etwas laut, doch das war völlig nebensächlich in diesem Moment. Er war zurückgekommen! Jess stand wie gelähmt neben ihrem Wagen. Sie konnte es nicht glauben! Mit langsamen Schritten kam er auf sie zu. Er hatte sie auch gesehen und erkannt.

„Taylor!", rief sie mit heiserer Stimme und lief ihm atemlos entgegen. Sie fiel ihm um den Hals und fühlte Freudentränen aufsteigen. „Ist das wirklich wahr? Du bist wieder da? Zwick mich, sonst meine ich, es ist nur ein Traum", flüsterte sie. Aber als sie seine warmen Lippen auf ihren spürte und seine starken Arme sie umfassten, wich aller Zweifel von ihr. Sie sah, sie fühlte, sie roch ihn. Er war tatsächlich hier. Hier in Montauk und sie stand mit dem Mann ihrer Träume auf dem Asphalt irgendeines Parkplatzes. Jess spürte nur noch Glückseligkeit in sich. Sie nahm nicht mehr wahr, was um sie herum geschah. Nach einer endlosen Weile wisperte sie fast tonlos: „Es ist so schön, dass du wieder hier bist!"

„Ich habe niemals gesagt, dass ich nicht zurückkommen würde", antwortete er mit gedämpfter Stimme. „Meine Entscheidung damals, zu gehen, war richtig. Ich habe einiges aufgearbeitet und diverse

Missverständnisse aus der Welt schaffen können. Ich werde dir bald alles erzählen, Jess. Jetzt kann ich es." Er klang wie von einer großen Last befreit. Jess aber erwähnte mit keinem Wort, dass sie bereits von ihrem Onkel über das Meiste Bescheid wusste.

„Was ist mit meinem Boot?", fragte er plötzlich und wurde unruhig. „Ich muss gleich nachsehen, ob alles okay ist."

„Mach dir darum keine Sorgen, Tony Morris ist sehr zuverlässig, was dieses Thema anbelangt. Und ehrlich gesagt, war das zurückgelassene Boot für mich der einzige Hoffnungsschimmer, dass du wiederkommen würdest", erklärte sie leise. „Wirst du bleiben?", fragte sie gedehnt.

Statt einer Antwort gab er ihr einen Kuss und erklärte strahlend: „Ich werde meinen Beruf an den Nagel hängen und mich stattdessen intensiv in eure Theatergruppe einbringen. Gewisse Erfahrungen habe ich ja bereits … Hättest du etwas dagegen?" Jess, die jedoch erfahren hatte, dass er ein gefragter Schönheitschirurg war, blieb vor Überraschung der Mund offen. Einen so lukrativen Job wollte er aufgeben? Dass er es bereits getan hatte und alle dafür nötigen Schritte in die Wege geleitet waren, wusste sie natürlich nicht.

„Nein … natürlich habe ich nicht das Geringste dagegen", stotterte sie verlegen, „aber … sehr einträglich sind unsere Auftritte sicher nicht. Ich meine, man muss ja auch von etwas leben."

Er lächelte. „Das muss ich sicher. Aber das soll nicht deine Sorge sein, Jess."

Er muss tatsächlich sehr vermögend sein, dachte Jess, bevor Taylor weiter ausführte: „Weißt du, es gibt im Leben wichtigere Dinge als den Beruf. Vor allem, wenn ein Beruf nicht die wahre Berufung ist oder wirklich Erfüllung bringt."

„Da hast du sicher Recht. Es ist aber eine Frage des Geldes, ob man es sich leisten kann, sich dies überhaupt zu fragen. Ich gehe vielmehr der Frage nach: Wo kann ich so viel Geld verdienen, dass es mir zum Leben reicht." Das klang nun fast etwas trotzig. Oder sprach ein gewisser Neid aus ihr? Nein, niemals würde sie Taylor um das Geld beneiden, das er besaß.

„Jess, reden wir nicht über Geld. Du bist es, die mir wichtiger geworden ist als alles andere. Ich habe dich so vermisst in dieser langen Zeit, andererseits wollte ich mich auch selbst testen. Ich habe mich den

Herausforderungen in meiner früheren Heimat gestellt und sie für meinen Teil bestanden."

Dann küsste er sie nochmals lang und intensiv. „Ich bleibe jetzt bei dir. Für immer …, wenn du mich lässt." Sein Lächeln war unwiderstehlich. Jess war glücklich wie lange nicht mehr und taumelte fast. Noch konnte sie nicht ernsthaft glauben, dass Taylor für immer bleiben würde. Nach einer endlosen Weile löste sich Jess aus seinen Armen.

„Komm, wir müssen unbedingt Onkel James erzählen, dass du wieder hier bist. Er wird sich wahnsinnig freuen! – Er hat dich in der Zeit, in der du hier warst, sehr schätzen gelernt. Das hat er mir immer wieder versichert."

„Klar, gerne! Und gegen eine Tasse Kaffee oder ein Glas kühles Bier hätte ich auch nichts einzuwenden." Er lachte spitzbübisch. Wie hatte Jess sein Lächeln vermisst! Es wurde ihr erst jetzt klar, wie einsam sie die ganze Zeit über war und dass sie ihn nur durch das Vertiefen in ihre Arbeit verwinden konnte. In diesem Jahr hatte Jess weitere Bilder fertig gestellt, die Jayden alle in die Galerie aufgenommen und zu ihrer Freude bald verkauft hatte.

Jess' Gedanken kehrten in Gegenwart zurück. Taylor hatte einen Schritt zur Seite getan und breitete die Arme aus, als wollte er der ganzen Welt mitteilen: „Ja, nun werde ich versuchen, alles zu vergessen und mit deiner Hilfe, Jess, wird mir dies gelingen. Ich liebe dich, ich liebe Montauk und ich liebe Amerika!" Er jauchzte und machte einen Luftsprung.

* * *

Beide stiegen in ihre Wägen und fuhren zum Haus von James Mason. Er war gerade im Vorgarten mit dem Setzen kleiner Büsche beschäftigt. Als er die beiden Autos vorfahren sah, staunte er nicht schlecht. Er streifte seine Gummihandschuhe ab und wischte sich den Schweiß von der Stirn. Dann ging er auf den grafitfarbenen Steinplatten entlang und öffnete das Gartentürchen.

„Was für ein seltener Besuch! Taylor Johnson! Herzlich willkommen, mein Junge!" James' von tiefen Falten durchzogenes Gesicht glättete sich, als er Taylor freudig die Hand reichte und ihn väterlich umarmte.

166

Jess betrachtete die Szene mit Wohlwollen. James mochte ihn, seine Freude war ehrlich. In Jess schien sich in diesem Moment auch etwas zu lösen. Es fühlte sich an, als würde ein großer Stein von ihr abfallen.

„Gehen wir ins Haus! Auf einen Kaffee oder ein Bier wirst du sicher Zeit haben?" Es klang mehr wie eine Aufforderung als eine Frage und Taylor entschied sich noch auf den Eingangsstufen für das zweite Angebot. Jess ging hinter den beiden her und schmunzelte.

„Es freut mich, dich hier wieder zu sehen", begann James vorsichtig das Gespräch und servierte Taylor ein Glas Bier auf dem runden Tisch im Esszimmer, um den sie saßen.

„Ganz meinerseits!", erklärte Taylor, nach- dem er mit James angestoßen hatte. „Und von mir aus hätte dieser Ausflug in meine frühere Heimat auch nicht sein müssen. Aus bestimmten Gründen war es aber er- forderlich und ich bin froh darüber, endlich alles erledigt haben, was mir wichtig war. Besonders eine Sache ..." Er hielt inne und blickte durchs Fenster in den Garten. Jess konnte sich gut vorstellen, was Taylor mit dieser Andeutung meinte: Flanigan! Aber sie hielt ihren Mund und berührte nur sanft Taylors Hand. Er zuckte zusammen und kam wieder aus seiner Starre.

„Gedenkst du diesmal länger zu bleiben?",
fragte James weiter, der sich in dem Moment
die Situation vorstellte, in der Taylor seine
Frau mit einem anderen erwischt hatte.

„Ja, das tue ich. Ich habe beschlossen, mir
hier ein neues Leben aufzubauen. Ohne
Altlasten, ohne Erinnerungen an eine
schlimme Zeit."

„Dann fehlt nur noch ein passendes Haus für
dich, nicht wahr?" Jess sah ihn mit einem
Rest von Zweifel an und nippte an ihrer
Kaffeetasse.

„So ist es und bis es soweit ist, werde ich
wohl wieder ins Hotel gehen", meinte er
bestimmt.

„Warum willst du nicht bei uns wohnen?",
fiel Onkel James ihm ins Wort. „Du kennst
dich inzwischen aus und … nachdem ihr
beide nun ja auch in gewisser Weise
zueinander gefunden habt …" Er ließ das
Ende des Satzes offen.

„Wenn Jess nichts dagegen hat?" Taylor sah
sie mit unwiderstehlichem Lächeln von der
Seite an.

„Nur, wenn du mir versprichst, nicht wieder
ganz plötzlich zu verschwinden."

„Jess, wenn du die Hintergründe kennst, wirst du auch verstehen, was mich zu meinem Schritt bewogen hat."

„Ich weiß", lächelte Jess und sie wusste es tatsächlich.

„Tja, dann werde ich wohl auch nach meinem Boot sehen, ich habe es zurückgelassen, als ich ging. Mitnehmen konnte ich es ja schlecht." Er grinste und stand auf.

„Ihr entschuldigt mich jetzt?" Taylor blickte nervös auf seine Uhr. „Ich möchte noch vor Einbruch der Dunkelheit bei der Anlegestelle sein."

„Wir könnten einstweilen dein Gepäck aus dem Auto holen", schlug Jess spontan vor.

„Danke, Jess. Ich mach' das schon. Es ist nur ein Koffer, denn ich habe nur das Nötigste dabei.

Aber sicher auch ein gut gefülltes Bankkonto, dachte sie bei sich.

„Nur einen Koffer?", wiederholte sie ungläubig.

„Ja, ich habe das bewusst so gemacht. Ich wollte mich selbst begrenzen, um nicht zu viel Müll aus der Vergangenheit in die Zukunft mitzunehmen."

„Klingt plausibel – ich kann es nachvollziehen", stimmte Jess zu. Taylor beugte sich über den Tisch und gab James die Hand.

„Vielen Dank für das Bier. Ich hoffe, ich kann mich bald revanchieren."

James nickte bedächtig, sein Gesichtsausdruck war zufrieden. Er hatte durch Taylor wieder eine kleine Einnahmequelle und war froh, das Zimmer nicht an einen Fremden vermieten zu müssen.

* * *

„Ich habe eine Überraschung für dich!" Jess strahlte bis über beide Ohren.

„Lass mich raten – du hast einen neuen Job? Oder ein Haus für mich gefunden?"

Jess schüttelte vehement den Kopf. „Nichts dergleichen, mein Lieber."

„Dann ist es sicher noch besser?" Seine Stimme klang neugierig.

Jess löste die Spannung auf: „Ich möchte, dass du bei der Gestaltung des Bühnenbildes für unser nächstes Theaterstück mitwirkst!

Du hattest anfangs erwähnt, dass du dich gerne einbringen würdest. Ich habe mit den anderen bereits gesprochen. Es wird diesmal ein modernes Märchen für Erwachsene und heißt „Oben ohne."

Taylor grinste amüsiert. „Ziemlich zweideutig, noch dazu für ein Märchen …" Beide lachten.

„Warte es ab, ich habe das Textbuch noch nicht ganz durchgelesen, aber es ist diesmal tatsächlich etwas zum Lachen und spielt auf die abhanden gekommene Haarpracht mancher Männer an."

Taylor fuhr daraufhin demonstrativ mit der Hand durch seine dichte Kopfbehaarung.

„Dass so etwas die Leute zum Lachen bringt, kann ich mir gut vorstellen, schon wegen des Titels. Aber Spaß beiseite: Ich finde es großartig und bin gerne dabei. Ein gewisses Maß an Insiderwissen bringe ich ohnehin durch meine eigenen Erfahrungen mit", fügte er mit süßsaurem Gesichtsausdruck hinzu. Jess strich ihm mitfühlend über die Wange und malte ein Herz in den Sand, auf dem sie mit ihm an diesem lauen Spät-sommerabend saß und den Sonnenunter-gang am Meer beobachtete. Längst hatte Taylor ihr die ganze Wahrheit über den damals tödlich ausgegangenen Streit mit seiner Frau Alicia erzählt, von dem sie seiner Meinung nach nichts wusste und hatte ihr ausführlich erklärt, wie es dazu gekommen war. Auch, dass er in seinem früheren Heimatort geächtet wurde und sich kaum noch auf die Straße traute, denn jeder dachte, er hätte seine Ehefrau mit Absicht erschlagen.

„Du kannst dir sicher vorstellen, dass diese belastenden Umstände sich auch auf meine Arbeit als Chirurg auswirkten. Ich war unkonzentriert und hatte bei jeder OP Angst, einen Fehler zu machen. Tja, dann versuchte ich, alles im Alkohol zu ertränken. Mein Leben war nur noch ein Albtraum!", stöhnte er und begrub sein Gesicht in den Händen. „Wenn ich zurückdenke, wird mir heute noch schlecht!"

Jess lehnte ihren Kopf an Taylors Schulter und hielt seine Hand. Nun konnte sie auch seinen alkoholisierten Zustand, als es zu diesem beinahe-Zusammenstoß kam, auf jene Umstände zurückführen.

„Es ist vorbei, Taylor. Du musst jetzt nach vorne sehen. Was war, ist Vergangenheit und du bist sogar noch einmal zurückgegangen, was ich im Nachhinein, auch wenn es mir wehgetan hat, einfach großartig und sehr mutig finde."

Er blickte auf die Wellen, die gleichmäßig ans Ufer schwappten und schluckte. So wie die Wellen alles schluckten, was überflüssig war, musste auch er die schlimmen Erinnerungen einfach hinunterschlucken.

„Jess, ich bin so froh, dass es dich gibt! Nichts wird uns jetzt mehr trennen."

Bei diesem Satz lief es Jess eiskalt über den Rücken und erneut überkam sie eine diffuse Angst. Sie seufzte. Als würde er es fühlen, gab Taylor ihr seine Jacke.

„Die ist mir ja viel zu groß!", lachte sie, schlüpfte trotzdem hinein und nahm dabei den Hauch seines Aftershaves wahr, der daran haftete. Schweigend saßen beide noch eine Weile nebeneinander und genossen die besondere Atmosphäre, bis die Sonne völlig ins Meer getaucht war.

„Lass uns heimfahren, Taylor. Mir ist kalt und ich muss morgen zeitig zur Arbeit." Der Wind hatte aufgefrischt und trug unangenehmen Geruch von Fischkadaver ans Land. Die beiden standen auf und gingen fröstelnd den Weg zu seinem Wagen zurück.

* * *

„Jess? Jessica?" Onkel James rief ihren
Namen mehrmals an diesem
Sonntagmorgen, sie hörte jedoch nichts unter
der Dusche. Nach einer knappen halben
Stunde kam sie die Treppe herunter. James
stand unschlüssig im Treppenhaus.

„Ach, da bist du ja endlich!", rief er
aufgeregt. „Ich dachte, du wärst womöglich
schon zur Arbeit gefahren."

„Schon vergessen? Heute ist mein freier
Sonntag!", entgegnete sie entspannt. „Aber
was gibt es denn Wichtiges?" Jess sah ihn mit
runden Augen an. James machte eine
einladende Handbewegung zum Wohnzimmer. Er schloss die Tür hinter sich und
bat Jess, auf der Couch Platz zu nehmen, die
gegenüber seinem Sessel stand.

„Vor ein paar Tagen habe ich Amanda
Coleman im Supermarkt getroffen. Sie ist die
Tochter von Clarice Coleman, der
verwitweten, alten Dame, die um die Ecke in
der Fleming Road wohnt. Amanda hat mir
erzählt, dass ihre Mutter demnächst in ein
Seniorenheim übersiedeln wird. Es geht ihr
gesundheitlich nicht besonders gut. Aber

wenn man bedenkt, dass sie fast fünfund-
achtzig ist und sich bisher um alles alleine
gekümmert hat – das Haus und den Garten.
Unglaublich in diesem Alter, findest du
nicht?

„Absolut! Aber wieso erzählst du mir das?",
fragte Jess mit gemäßigtem Interesse.

James beugte sich zu ihr hinüber. „Sie wollen
das Haus verkaufen. Amanda hat selbst
Familie und Haus. Daher hat sie keine
Verwendung dafür. Da dachte ich sofort an
Taylor. Ich meine, falls er noch auf der Suche
nach einem Eigenheim ist."

„Nun ja, ich denke schon. Er scheint sich
wirklich in Montauk niederlassen zu
wollen." Jess lächelte schief.

„Darüber würde mich natürlich auch freuen,
denn seine Bekanntschaft bedeutet mir viel.
Ich kann ihm gerne die Telefonnummer von
Mrs. Coleman geben. Ich habe ihr nämlich
schon gesagt, dass ich womöglich jemanden
wüsste ..."

„Aber zuerst einmal sollten wir Taylor
fragen, meine ich. Bevor wir den zweiten
Schritt tun ..."

Kapitel 9

My home is my castle

„Wohin fahren wir?" Taylors Miene war skeptisch.

„Du wirst es gleich sehen. Nun steig' schon ein!" Jess hielt demonstrativ die Beifahrertür ihres Chevys auf.

„Wir sind in weniger als zwei Minuten da", erklärte sie geheimnisvoll.

„Dann hätten wir auch zu Fuß gehen können."

„Hätten wir", antwortete Jess knapp und suchte konzentriert nach der Hausnummer Neun in der Fleming Road, in die sie gerade eingebogen war.

Vor einer exklusiven Villa im Jugendstil blieb sie stehen und schaltete den Motor ab.

„Am Ziel", kommentierte sie und ließ die Fensterscheibe herunter.

„Am Ziel? Du machst es spannend!" Er hatte seine gute Laune wiedergefunden und spielte das vermeintliche Spiel mit.

„Ich sehe kein Ziel, ich sehe nur ein

vornehmes Haus aus der
Jahrhundertwende."

„Richtig erkannt! Sieh es dir an, Taylor!
Würde dir so etwas gefallen?" Er kniff die
Augen zusammen und versuchte, einen Blick
durch den Garten mit dem alten
Baumbestand zu erhaschen. Er konnte jedoch
nicht allzu viel von dem villenartigen
Gebäude erkennen, das sich dahinter
verbarg. Es stand wie ein
Dornröschenschloss hinter Büschen und
Hecken verborgen.

„Was soll das alles, wieso führst du mich
hierher? Was ist mit diesem Haus? Moment
mal, meinst du etwa, ich könnte es kaufen?"

Jess nickte und presste die Lippen
zusammen. Sie war gespannt auf Taylors
Reaktion.

Er wirkte mit einem Mal sehr angespannt
und auf seiner Stirn bildete sich eine steile
Falte. Scheinbar dachte er tatsächlich
ernsthaft darüber nach.

„Du sagst nichts?", fragte Jess nach einer
Weile vorsichtig. Sie selbst fand das Haus
sehr pompös. Irgendwie schien es nicht so
ganz hierher zu passen.

„Wohnt jemand darin?"

„Momentan ja", erklärte sie und erzählte von Onkel James' Begegnung mit Amanda Coleman.

„Taylor?"

„Ich überlege gerade. Dieses Haus erinnert mich stark an mein früheres in Charlotte."

„Tatsächlich? Dann hast du ja nicht schlecht gewohnt!" Jess war sichtlich überrascht.

„Das Haus war sehr schön und groß, ja. Aber was dort passiert ist …" Taylor wirkte plötzlich wieder beklemmt.

„Du musst es ja nicht nehmen. War nur so eine Idee." Jess senkte den Blick und zog eine Schnute.

„Nein, Jess. Es gefällt mir, sogar außerordentlich gut. Vielleicht kann ich es ja einmal von innen ansehen." Er streichelte ihre Wange. „Außerdem finde ich es schön, dass du an mich gedacht hast!"

Jess war wieder versöhnt. „Ich werde Onkel James davon unterrichten, dass du möglicherweise Interesse hast. Sicher können wir die Villa auch bald besichtigen."

„Nur die Ruhe! Es hat ja keine Eile. Aber
trotzdem: Es ist ein interessantes Haus und
wenn ich es mir so überlege, eigentlich genau
mein Stil." Jess blickte auf ihre Uhr. Es war
kurz vor zwanzig Uhr. Hektisch startete sie
den Motor. „Tut mir leid, Taylor, aber in
fünfzehn Minuten beginnt mein Dienst im
Hotel." Sie lenkte den Wagen wieder auf die
Straße und setzte Taylor anschließend bei
sich zuhause ab.

„Bis morgen!" Er gab ihr einen sanften,
langen Kuss und Jess wünschte in dem
Moment ihre Nachtschicht zum Teufel. Sie
spürte das angenehme Prickeln noch, als sie
ihren Wagen auf dem Angestelltenparkplatz
des Hotels abstellte.

* * *

„Guten Morgen!" Es war bereits gegen Mittag am
nächsten Tag, als Jess noch im Sleepshirt in der
Diele auf James traf, der gerade von seinen
Einkäufen zurückgekehrt war.

„Ausgeschlafen?" Er schleppte zwei volle
Tüten in die Küche und sein Blick fiel auf
den kleinen Wecker, der auf dem Regal über
dem Kühlschrank stand. Jess gähnte und
schenkte sich ein Glas Orangensaft ein.

179

„Ich hatte Nachtschicht", erklärte sie knapp und nahm durstig einen großen Schluck. Dann half sie ihm beim Auspacken der Lebensmittel.

„Taylor hätte unter Umständen Interesse am Haus von Mrs. Coleman", platzte sie heraus, nachdem alles routinemäßig verstaut war.

„Tatsächlich? Das freut mich! Und natürlich würde es mich auch für dich freuen, Jess. Wenn ich mir vorstelle, dass ihr zusammenbleibt und …"

„Onkel James, vielleicht warst ja du einer von der schnellen Sorte, aber ich möchte Taylor lieber erst besser kennenlernen. Es ist ein gehöriger Unterschied, ob man nur die Freizeit oder den gesamten Alltag miteinander teilt."

„Ich habe Tante Margaret schon nach einem halben Jahr geehelicht und habe es keine Sekunde bereut! Aber vielleicht hast du Recht. Die Zeiten haben sich geändert."

„Allerdings! Ein paar Erfahrungen in Sachen Männer habe ich ja bereits hinter mir, daher überlege ich mir genau, mit wem ich wann zusammenziehe." Ihre Augen begannen eigenartig zu funkeln.

„Entschuldige, Kleines, ich wollte dir nicht zu nahe treten. Aber schön wäre es trotzdem … Ich könnte ihn mir jedenfalls gut als eine Art Schwiegersohn vorstellen." Er kicherte leise.

„Alles klar, Onkel James. Aber zunächst einmal müssen wir bei Clarice wegen eines Besichtigungstermins anfragen. Ich hoffe, die alte Dame fühlt sich nicht überrumpelt, da sie das Haus ja noch bewohnt."

„Keine Sorge, sie sind bereits auf der Suche nach einem Käufer und soviel ich weiß, wollen sie demnächst auch ein Inserat aufgeben. Natürlich wäre es besser, Taylor würde dem Ganzen zuvorkommen. Natürlich soll er sich deswegen aber nicht gedrängt fühlen, schließlich kauft man nicht alle Tage eine Villa." James Mason öffnete eine Flasche Bier und ging damit nach nebenan.

Jess stand nachdenklich in der Küche und ließ ihren Blick durch das Fenster in den sehr gepflegten Garten schweifen.

* * *

Clarice Coleman lächelte einvernehmend, als

sie die Tür öffnete. Sie war eine charis-
matische, zierliche Frau mit schmalen
Händen und schneeweißen, kurz ge-
schnittenen Haaren. Ihr hohes Alter sah man
ihr wahrlich nicht an. Doch sie hatte erst
nach dreimaligem Läuten geöffnet. Offenbar
hörte sie nicht mehr gut. Langsam, aber
geduldig führte sie Taylor und Jess durch
alle Räume und erzählte immer wieder, wie
sehr sie es bedauere, das Haus nun bald
verlassen zu müssen, da die Arbeit und das
Treppensteigen immer beschwerlicher für sie
werde und sie sich auch nicht mehr in der
nötigen Art und Weise um den Garten
kümmern könne.

„Nun, Mrs. Coleman, ich hätte großes
Interesse an Ihrem Haus! Es ist bezaubernd
und außergewöhnlich", versicherte Taylor
mit echter Begeisterung, als sie sich am Ende
der Besichtigungstour wieder in dem
großzügigen Eingangsbereich befanden. „Ich
habe selbst eine Zeitlang in einer
Jugendstilvilla gelebt und bin seither ein
begeisterter Anhänger dieses Baustils."

Clarice' Gesichtszüge entspannten sich, als
sie dies hörte und ihre hellen, blauen Augen
strahlten zufrieden.

Jess hielt sich zurück und überließ Taylor die Verhandlungen. Sie betrachtete währenddessen die Landschaftsbilder in den vergoldeten Barockstuckrahmen, die in Öl auf Leinwand gemalt waren. Dieser Stil stand im krassen Gegensatz zu ihrem eigenen, der das Moderne sehr betonte.

Mrs. Coleman entging ihr Interesse nicht. „Es sind alles Bilder von sehr bekannten Malern", erklärte sie stolz. „William Turner, David Caspar Friedrich, Frederic Edwin Church!" Jess war mächtig beeindruckt. Die Bilder mussten ein Vermögen wert sein.

„Ich habe gehört, Sie malen auch?" Mrs. Coleman wandte sich jetzt Jess ganz zu. „Nur in meiner Freizeit. Und gewiss nicht in dieser Perfektion!" Sie schob ihr Kinn vor.

„Sagen Sie das nicht! Viele bekannte Maler haben klein angefangen oder wurden erst nach ihrem Tod berühmt. Wichtig ist nur, dass man nie aufgibt. Egal, was man macht. Das müssen Sie sich merken, Miss Blair."

„Jess stellt in Jayden Harpers Galerie aus", fügte Taylor mit Zurückhaltung hinzu.

„Tatsächlich? Dann sind Sie ja gar nicht so unbedarft. Ich kenne Jayden seit Jahren und glauben Sie mir, er nimmt nichts Schlechtes!"

Sie gluckste.

„Danke, Mrs. Coleman. Das ehrt mich." Jess lächelte verlegen.

Zu Taylor geneigt, erklärte sie: „Wenn Sie ernsthaft Interesse an meinem Haus haben, Mr. Johnson, dann werde ich von einem Inserat absehen. Nach dem Motto: Wer zuerst kommt, mahlt zuerst." Sie sah ihn eindringlich an. „Und außerdem sind Sie mir sympathisch. Was machen Sie eigentlich beruflich?"

„Er ist Chirurg. Schönheitschirurg!", fiel Jess ein, noch bevor Taylor etwas sagen konnte.

„Sehr interessant! Aber nun, bei mir hilft das jetzt auch nichts mehr. Da hätte ich vor ein paar Jahrzehnten zu Ihnen kommen sollen …" Sie kicherte wie ein junges Mädchen. Nachdem sich beide Parteien über den Preis einigten und jeder in gewissem Maß zu Kompromissen bereit war, verabschiedeten sich Taylor und Jess von der betagten Dame. Bei Jess, die natürlich die Preisverhandlung mitbekommen hatte, machte sich wiederum das Gefühl breit, dass Geld bei Taylor keine Rolle zu spielen schien. Die beiden vereinbarten schließlich, in den kommenden Tagen alles Weitere, das mit dem Kauf zusammenhing, zu besprechen und abzuklären.

Kapitel 10

Wahrheit – Lüge?

Die nächsten Wochen waren für Taylor
ausgefüllt mit allem, was mit dem Erwerb
der Coleman-Villa zu tun hatte. Dabei lernte
er auch Mrs. Colemans Tochter Amanda
kennen, die eine patente und hilfsbereite
Person war. Glücklicherweise wurde kurz
darauf ein Platz in der Seniorenresidenz
Harbour frei, so dass auch die lebensfrohe
Seniorin bald in ihr neues Zuhause übersiedeln konnte.

Für Taylor selbst bedeutete der Umzug in die
herrschaftliche Gründerzeitvilla einen neuen
Lebensabschnitt und letztlich auch ein
endgültiges Abbrechen mit seiner Vergangenheit. Ein nie dagewesenes Gefühl der
Freiheit durchflutete ihn, als er an diesem
Tag frühmorgens durch die leeren Räume
wanderte und alles auf sich wirken ließ. Hier
lauerten keine bösen Erinnerungen, auch
wenn die Ähnlichkeit mit seinem früheren
Haus in North Carolina groß war. Er liebte
hohe Decken, Stuck und diesen ganz be-
sonderen Charme, der alten Gebäuden

innewohnte.

Er sinnierte eine Zeitlang. Er hatte nichts
bereut. Finanziell war er abgesichert.
Während der letztjährigen Hochkonjunktur
hatte er alle Aktien und Fonds, die er mit
Alicia besaß, nach ihrem Tod veräußert und
sehr große Gewinne dabei erzielt. Hier in
Montauk waren die Voraussetzungen für
einen Neubeginn gut. Überdies gab ihm das
Gefühl, dass Jess ihn liebte, zusätzliche
Sicherheit. Energiegeladen und voller
Tatendrang begann er, die wenigen Güter,
die er aus Charlotte mitgenommen hatte, aus
seinem Auto zu holen und ins Haus zu
tragen. Einige seiner früheren Einrichtungs-
gegenstände hatte er sofort verkauft, das
wertvollere Mobiliar in einer gemieteten
Garage in Charlotte eingelagert. Er hatte vor,
alles nach und nach hierher zu holen. Er
dachte an Jess. Sie hatte versprochen, ihm
nach Dienstschluss behilflich zu sein.

* * *

„Wann wird deine Küche denn voraus-
sichtlich geliefert?" Jess war gerade
gekommen und stand in dem kleinen Raum,
der außer einer Kaffeemaschine und einer

186

Mikrowelle, beide auf einem Campingtisch abgestellt, vor Leere gähnte.

„Wenn alles klappt, Anfang nächster Woche!"

„Ich bin gespannt!", merkte sie an und erschien wieder in Taylors zukünftigem Wohnzimmer.

„Im Bad habe ich bereits Lampen, Spiegel und diverse Kleinteile angebracht", erklärte Taylor mit Nachdruck und Jess war überrascht, als er ihr stolz den fast fertigen Raum präsentierte und sie sich von seinen handwerklichen Fähigkeiten überzeugen konnte.

„Bis alle Räume komplett möbliert sind, wird es wohl noch dauern", mutmaßte Jess und schürzte die Lippen, während sich beide wieder auf den Weg ins Erdgeschoss machten.

„Keine Sorge, ich habe in Charlotte ein paar Sachen eingelagert, die ich nur herbringen lassen muss. Es wird nicht allzu viel Zeit in Anspruch nehmen. Und es passt alles wie abgemessen hinein." Er demonstrierte ihr mit Hand und Fuß, wohin er seine Möbel stellen wollte.

Jess war gerade mit dem letzten Karton nach oben gegangen, um ihn in das zukünftige Schlafzimmer zu hieven, als die Tragevorrichtung plötzlich riss und die Kiste samt Inhalt sich auf dem Teppichboden verteilte.

„Verdammt! Auch das noch!" Seufzend ließ sie ihren Blick über die Dinge schweifen, die herausgefallen waren und bückte sich, um sie wieder einzuräumen. Es handelte sich um ein paar medizinische Fachbücher, die ihr Interesse nicht sonderlich weckten. Sie nahm eines nach dem anderen in die Hand und räumte sorgsam alle Bücher wieder ein.

Dann fiel ihr Blick auf eine kleine, alte Blechdose. Der Deckel hatte sich gelöst und ein paar Fotos waren herausgefallen. Es befanden sich unter anderem Kinderbilder darunter, die wahrscheinlich von Taylor stammten. Jess nahm eines, das einen fröhlichen, kleinen Jungen auf einem Kinderfahrrad zeigte, in die Hand und betrachtete es schmunzelnd. Dann drehte sie es um. *Taylor, August 1987* stand in verblichener Schreibschrift darauf. Bei genauem Hinsehen konnte sie tatsächlich eine gewisse Ähnlichkeit mit ihm feststellen.

Während sie die restlichen Bilder wieder zu einem Stapel häufte, fiel ihr Blick auf eine weitere Fotografie. Eine hübsche, junge Frau mit dunklen Haaren hielt einen Säugling auf dem Arm. Ihr Lachen wirkte unecht, fast gequält. Über der linken Augenbraue trug sie eine deutliche Narbe. Sie schien nicht wirklich glücklich zu sein. Auf der Rückseite las Jess: *Mama – 26.07.1982.* Das war Taylors Geburtsdatum und die Frau auf dem Bild offensichtlich seine Mutter! Jess durchfuhr es heiß und kalt.

Sie riss die Augen auf und ging wankend zum Schlafzimmerfenster. Im Garten sah sie Taylor mit verschränkten Armen bei dem gemauerten, alten Brunnen stehen. Wieder senkte sie die Lider und betrachtete mit zitternden Händen das Bild. Es wollte nicht in ihren Kopf. Nein! Es war einfach unmöglich und zu absurd, als dass sie es hätte glauben können. Der Himmel über ihr schien zusammenzubrechen.

„Nein!", schrie sie und hatte das Gefühl, ihr Herz würde in dieser Sekunde aus dem Leib gerissen. So unfair konnte das Leben nicht sein! Heiße Tränen schossen ihr in die Augen. Alle Muskeln verkrampften sich schmerzhaft. Es gab keinen Zweifel: Sie kannte die Frau auf dem Bild! Ein Irrtum war ausgeschlossen. Die deutlich erkennbare Narbe verriet die Wahrheit. Eine grausame Wahrheit. Jess kam sich vor wie in einem schlechten Film.

„Jess! Jess? Also mir ist da eine super Idee mit diesem Brunnen im Garten gek…" Taylor war gutgelaunt die Treppe zu ihr hinaufgelaufen und stand wie erstarrt in der Schlafzimmertür, als er Jess in diesem erbärmlichen Zustand auf dem Boden sitzend, fand.

„Um Gottes Willen! Was ist mit dir? Du siehst ja aus, als würdest du jeden Moment umkippen. Was ist denn passiert?"

Jess brachte kaum ein vernünftiges Wort heraus. Zu sehr hatte sie der Fund aufgewühlt. Sie stammelte nur immer wieder: „Das Bild, das Bild … hat alles kaputt gemacht. Oh Taylor! Du hast keine Ahnung, wie schrecklich alles ist!"

„Aber warum denn? Bis vorhin war die Welt doch in bester Ordnung. „Was hast du da eigentlich?" Erst jetzt bemerkte Taylor das vergilbte Foto mit der jungen Frau und dem Baby, das Jess in der Hand hielt.

„Das bin ich mit meiner Mutter. Jess ich … ich wollte dir sowieso noch ein wenig über mich erzählen." Er deutete auf das Bild.

„Das ist nicht mehr nötig. Ich weiß alles …"
Sie fing wieder an zu Schluchzen.

„Aber Liebes, es gibt keinen Grund, darüber
traurig zu sein. Lass uns nach unten gehen.
Dann werde ich es dir erklären, ja? Ich werde
dir ein paar Worte zu diesem Bild erzählen."
Jess schüttelte vehement den Kopf.

„Nein, Taylor. ICH werde dir etwas zu
diesem Bild erzählen!" Sie straffte sich,
wischte ihre Tränen vom Gesicht und stand
auf.

„Nun bin ich aber gespannt!", erwiderte
Taylor mit gemischten Gefühlen, der
erkannt hatte, dass es sich in der Tat um
etwas Ernstes handeln musste.

Jess hatte sich wieder ein wenig gefasst. „Ich
hoffe, du stehst gut? Oder möchtest du dich
lieber auf einen Karton setzen?"

„Nun mach's nicht so spannend, Jess. Mir
wird allmählich bang." Es klang dennoch
scherzhaft aus seinem Mund.

„Es gibt auch nicht viel, was spannend
wäre", erklärte sie mit erstickter Stimme. „Es
gibt nur ein Problem, Taylor … Und zwar ein
ziemlich Großes: Diese Frau!" Jess tippte mit
dem Finger auf das Foto und betrachtete die

hübsche, junge Dame mit den großen, blauen Augen eingehend.

„DIE FRAU AUF DIESEM BILD IST NICHT NUR DEINE, SONDERN AUCH **MEINE** MUTTER!!!"

Jess brach mit einem Weinkrampf zusammen. Es dauerte eine Weile, ehe die Worte bei Taylor ankamen. Dann wurde er blass. Er hielt sich im Türrahmen fest. Mit allem hatte er gerechnet, nur nicht damit!

„Verdammt! - Entschuldige, ich meine, das ist jetzt nicht dein Ernst, oder? Das …" Er fing an zu lachen. „Das glaube ich nicht, Jess. Lass die Witze!"

„Taylor! Bei allem, was mir heilig ist, es ist kein Witz!" Wieder kullerten ihr Tränen über die Wangen.

„Bist du sicher? Ich meine, woher willst du das wissen? Nur weil deine Mutter vielleicht eine Ähnlichkeit mit meiner hat???" Er war außer sich und konnte diese Nachricht gefühlsmäßig überhaupt nicht einordnen.

„Wir sind Halbgeschwister, Taylor! Das ist das Schlimmste, was uns passieren konnte…"

„Und James Mason … ist dein Onkel!!!", fügte Jess fast tonlos hinzu.

„Ich fasse es nicht!" Taylors Gesicht hatte annähernd den Weißton der Wand angenommen. Er hatte dennoch das Gefühl, dass er alles nur träumte. Geistesabwesend fragte er: „Gibt es dafür Beweise? Du könntest dich ja auch täuschen!"

Die Antwort kam hölzern und monoton über ihre Lippen: „Taylor, fast das gleiche Bild existiert ein zweites Mal – nur ohne das Baby! Meine Mutter hatte es mir kurz vor ihrem Tod geschenkt, sie wollte mir zeigen, wie ähnlich sie mir als junge Frau gesehen hat. Zuvor hatte sie es nämlich zufällig beim Aufräumen in einer Schublade gefunden. Und kurz darauf ist dann der Surfunfall passiert …" Jess stockte. „Aber wie bist eigentlich *du* zu diesem Foto gekommen? Ich dachte, du wärst adoptiert worden und kennst deine Mutter überhaupt nicht."

„Das stimmt auch! Ich habe die ersten Jahre in einem Heim zugebracht. Aus dieser Zeit stammt auch dieses Foto! Meine Mutter hatte es den Schwestern dort wohl mit zu meinen anderen Sachen gelegt, als sie mich … zur Adoption freigab. Jedenfalls schenkte es mir meine Adoptivmutter, als ich volljährig war." Taylor kämpfte nun ebenfalls mit den Tränen. Allmählich fing er an, zu begreifen …

Halten wir mal fest: „Meine Mutter wurde Neunzehnhundertvierundsechzig geboren, also war sie auf diesem Bild etwa achtzehn Jahre alt, wenn die Aufnahme Neunzehn-hundertzweiundachtzig gemacht worden ist", kombinierte Jess nüchtern.

„So muss es sein!", flüsterte Taylor fassungslos.

„Aber warum hat meine Mutter mir nie etwas von dir erzählt? Es muss einen Grund geben, dass sie dich mir gegenüber ein Leben lang verschwiegen hat. Und wer ist eigentlich dein Vater?" Taylor zuckte mit den Schultern. „Das weiß Gott allein!" Jess lief es eiskalt den Rücken hinunter. Es gab ein Familiengeheimnis, von dem niemand wusste? Oder doch?

„Onkel James!", rief Jess aufgewühlt.

„Was ist mit ihm?", fragte Taylor.

„Er könnte etwas wissen! Er ist schließlich Mums Bruder!" Jess hatte vor Aufregung vergessen, zu atmen und schnappte nach Luft.

„Wir müssen sofort zu ihm, Taylor! Ich halte das nicht länger aus, ich muss die Wahrheit wissen. Komm!" Sie packte ihn unsanft am Handgelenk und zerrte ihn die Stufen bis zum Erdgeschoss hinunter.

Mit Vollgas preschte sie über die Straßen und um die Kurven, bis sie vor dem Haus ihres Onkels angelangt war.

Kapitel 11

Never ending Story

„Onkel James! Du hast mir etwas verschwiegen!" Jess platzte ohne Vorwarnung ins Wohnzimmer, wo James vor dem Fernseher saß und Fußball guckte.

„Warum hast du mir nie etwas davon erzählt? Warum hast du mir nie gesagt, dass ich einen Halbbruder habe? Warum? Warum, Onkel James?", kreischte Jess und kriegte sich gar nicht mehr ein.

„Nur die Ruhe, Kleines! Wovon redest du überhaupt?" Taylor stand zusammengesunken hinter ihr und schwieg.

„Aber …", stotterte Jess und stürzte sich im gleichen Augenblick auf die Chips in der Glasschale, die auf dem Tisch stand. Hastig kippte sie eine Handvoll davon in ihren Mund. Sie merkte, dass sie trotz Aufregung sehr hungrig war.

„Nun setzt euch erst einmal!", meinte James betont gelassen. Jess aber bedachte ihn mit einem Blick, in dem sich sowohl Wut als auch Verzweiflung spiegelten.

„Onkel James, tu nicht so unschuldig! Du musst etwas wissen! Sie war deine Schwester! Du musst doch mitbekommen haben, dass sie schwanger war?"

Man merkte ihm deutlich an, dass es James schwer fiel, über dieses Thema zu sprechen. Er legte die Stirn in Falten und druckste herum.

„Nun?", hakte Jess ungeduldig nach. Der Gedanke, dass Taylor und sie sich wegen dieser unfassbaren Tatsache würden trennen müssen, brach ihr fast das Herz. Sie hatte es sich mit ihm so wunderschön ausgemalt, vielleicht würde sie ja eine Familie mit ihm gründen und ihr Traum schien endlich Wirklichkeit zu werden. Aber jetzt …?

James vermied es, Jess anzusehen. „Du hast Recht, ich bin darüber informiert gewesen. Ich wusste, dass deine Mutter ein Kind bekam." Jess sah ihn mit runden Augen an.

„Du wusstest es …", stammelte sie ungläubig.

„Ja. Ich wusste es! Aber die Geschichte geht noch weiter: Sie war erst Achtzehn und diese Schwangerschaft das Resultat einer Vergewaltigung!" Wir haben versucht, es zu verheimlichen, so gut es ging. Margaret aber hätte das Kind nicht behalten können. Sie war mitten in einer Ausbildung und hätte weder Geld noch Zeit für das Kind gehabt."

„Sie wollte es nicht haben! Darum hat sie es zur Adoption freigegeben!", stieß Jess wütend hervor.

„Sie hat es sich wirklich nicht leicht gemacht, glaub' mir. Es war ein Drama! Deine Großmutter wollte sie hinauswerfen, wenn sie das Baby behalten hätte." James begann zu schwitzen.

„Aber warum stocherst du plötzlich in der Vergangenheit deiner Mutter herum? Es ist alles so lang her und …"

„Weil diese *Schwangerschaft* jetzt gerade neben dir sitzt, Onkel James!" Er wandte langsam seinen Kopf.

„Taylor! - Du???" Das Wort blieb ihm fast im Hals stecken und er hielt sich krampfhaft an der Sessellehne fest. Eine Zeitlang schwiegen alle. Dann suchte James händeringend nach einer Erklärung.

„Aber ich … ich konnte doch nicht wissen, dass gerade … Taylor dieses Kind war! Oh Gott! Oh, mein Gott! Einen solchen Zufall gibt es doch nicht!", rief er hilflos und schlug die Hände über dem Kopf zusammen. Dann erhob er sich von seinem Sessel und lief kopfschüttelnd im Zimmer auf und ab.

Durch die Aufregung spürte er sein Herz
wieder und heftig schnaufend steuerte er
erneut auf seinen Fernsehsessel zu und ließ
sich matt niedersinken.

„Wie seid ihr überhaupt darauf
gekommen?", fragte er nach einer Weile
ernüchtert.

„Durch zwei nahezu identische Fotografien
aus dieser Zeit!" Jess blickte ihren Onkel
ernst an und Taylor holte räuspernd seine
Variante des Bildes aus der Jackentasche.

„Ist das Mum?", fragte Jess und es klang wie
ein Vorwurf. James Mason warf einen kurzen
Blick auf das Foto mit dem Baby, dann nickte
er stumm. „Ich selbst habe das Bild damals
gemacht …Eines mit Baby und eines ohne."

„Ungeheuerlich!", stieß Jess geplättet hervor
und knallte das Bild auf den rustikalen
Eichentisch.

„Wir könnten zusätzlich einen DNA-Test
machen", warf Taylor vorsichtig ein,
während sein Blick erst Jess, dann James
streifte. „Dann haben wir absolut Klarheit.
Gibt es noch irgendetwas von unserer Mum,
das wir dafür verwenden können?"

„Jede Menge. Wir haben Vieles von ihr

aufgehoben. Aber ich denke, eine Haarbürste dürfte dafür gut geeignet sein", resultierte James trocken. Er wirkte binnen weniger Minuten um Jahre gealtert. Die Erinnerungen an Margaret und den schlimmen Unfall, bei dem sie im Meer ertrank, hatte er stets mit Macht zu unterdrücken versucht. Endlose, schlaflose Nächte in Gedanken an seine Schwester hatte er hinter sich und noch heute quälte er sich mit Vorwürfen. Er hätte ihr an jenem verhängnisvollen Tag davon abraten sollen, mit dem Surfbrett hinauszufahren. Das Wetter war einfach zu unsicher. Aber er hatte sie *nicht* gewarnt, er hatte sie *nicht* davon abgehalten. Und dann war es passiert … James verdrückte sich eine Träne und seufzte.

„Ich werde morgen auf dem Dachboden nach ihren Hinterlassenschaften sehen. Heute ist es zu spät und ich bin zudem sehr müde." James gähnte hinter vorgehaltener Hand. Bald gingen alle an diesem Abend erschöpft und aufgewühlt von den Ereignissen der letzten Stunden in ihre Betten.

* * *

Jess schlief trotz Müdigkeit unruhig und war

gegen sechs Uhr wach. Sie wälzte sich hin und her und stand schließlich auf. Nachdem sie sich ihren Bademantel übergestreift hatte, fuhr sie ihren Computer hoch. Sie wollte sich Klarheit über die Möglichkeit eines DNA-Tests verschaffen und über den Ablauf informiert sein, bevor sie sich tatsächlich dazu entschloss. In den meisten Fällen machte man ja wohl Vaterschaftstests, hier war es umgekehrt. Jess stieß bald auf einen informativen Artikel auf einer einschlägigen Internetseite:

Haare enthalten neben der DNA auch die sogenannte mtDNA. Diese DNA kann zwar nicht für einen Vaterschaftstest benutzt werden, aber zur Untersuchung der mütterlichen Linie. So enthalten unter anderem die Urgroßmutter, die Großmutter, ihre Tochter, also die Mutter und die Enkelin dieselbe mtDNA. Die Reihe kann beliebig in der Vergangenheit fortgesetzt werden. Söhne enthalten zwar auch die mtDNA der Mutter, jedoch gibt nur die Mutter die Information der mtDNA an ihre Nachkommen weiter.

Nun fühlte sich Jess einigermaßen aufgeklärt. Sie presste die Lippen aufeinander und starrte mit glasigen Augen auf das Bild neben ihrem Bett, dass sie zusammen mit Taylor am Strand zeigte. Es war ihr bewusst, dass das Ergebnis dieses Tests mit Sicherheit grausam sein würde, noch grausamer als ein altes, vergilbtes Bild es war, auf dem eine Mutter mit Säugling zu sehen war. Doch sie musste absolute Klarheit haben! Es konnte schließlich nicht angehen, dass sie mit ihrem Halbbruder Sex hatte! Der Gedanke an eine mögliche Trennung von Taylor schmerzte noch immer unsäglich und auch nicht weniger als am Tag zuvor.

Gegen Mittag kam Onkel James dann nach dem Durchsuchen einiger Kisten mit der Haarbürste seiner Schwester vom Dachboden herunter. Er packte sie in eine Plastiktasche und übergab sie Jess.

Wie einen rohen Diamanten trug sie die Tüte in ihren Wagen.

* * *

Nach einer Woche kam das Ergebnis der Haaranalyse per Post ins Haus. Der Bote übergab James den Brief persönlich. Ein Blick auf den Absender genügte, um den Puls des alten Mannes beschleunigen zu lassen. James ging eilig ins Haus und öffnete den Umschlag, auf dem unscheinbar und klein der Stempel des **Instituts** aufgedruckt war. Das Ergebnis war positiv. „Ich wusste es!", murmelte er leise vor sich hin. Jess war noch im Hotel und Taylor hatte einen Arzttermin. James legte das Kuvert samt Inhalt auf den Küchentisch und setzte sich niedergeschlagen auf einen Stuhl. Wie sollte es nun mit den beiden weitergehen? Was würden die Leute sagen, wenn es herauskäme? Fest stand, sie würden nie heiraten und Kinder haben können. James' Gedanken rotierten. Seine Hände wurden feucht, als er den Brief erneut las. Doch es war sinnlos. Was erwartete er? Dass beim zweiten Durchlesen etwas anderes darin stand? Er hatte das dringende Bedürfnis nach einem Glas Schnaps. Er stand auf und schenkte sich, trotz der morgendlichen Stunde, einen Kräuterbitter ein. Danach ging es ihm wieder etwas besser, zumindest seinem Magen. Er ließ den offenen Brief absichtlich auf dem Küchentisch liegen und vergrub sich anschließend in Gartenarbeit. Das würde ihn ein wenig ablenken und schließlich war viel zu tun um diese Jahreszeit.

Jess hatte das Gefühl, als würde etwas in ihr absterben. Den letzten Rest Hoffnung, den sie noch in sich trug, hatte dieser Brief zunichte gemacht. Sie schleuderte ihn auf den Tisch und lief nach oben in ihr Zimmer. Schluchzend warf sie sich aufs Bett. Nun hatte sie das Ergebnis schwarz auf weiß. Es gab keinen Zweifel, Taylor war ihr Halbbruder! Nach einer Weile klopfte es an ihre Tür. Jess blinzelte. Sie war anscheinend eingeschlafen und merkte, dass es inzwischen fast dunkel war.

„Taylor?", wisperte sie tonlos und knipste die Nachttischlampe an. Dann setzte sie sich auf. Er kam zu ihrem Bett und ließ sich schweigend neben ihr nieder. Jess warf sich an seine Brust. „Ich gebe dich nicht her, Taylor! Ich kann nicht! Nichts und niemand wird uns trennen!"

Taylors Wangen waren eingefallen und es war offensichtlich, dass er deutlich zu wenig Schlaf in der letzten Nacht gehabt hatte.

„Ich kann es immer noch nicht glauben, es will einfach nicht in meinen Kopf, obwohl wir nun das Ergebnis schriftlich haben." Zwischen seine Augenbrauen bildete sich eine tiefe Falte.

Jess starrte mit leer geweinten Augen auf den Boden und mit einem Mal fiel es ihr wie

Schuppen von den Augen. Deshalb also war er ihr all die Zeit so nah gewesen, deshalb fühlte sie sich von Anfang zu ihm hingezogen, deshalb wollte sie keinen anderen als ihn und spürte diese unerklärliche Verbundenheit jeden Tag aufs Neue. Deshalb, weil er ihr Bruder war, wenn auch nur ihr Halbbruder. Eine unmögliche Situation! Trotz allem war Jess froh über die Klarheit, die ihr in diesem Moment zuteilwurde. Sie sah Taylor nun mit anderen Augen und während sie ihn genau betrachtete, bemerkte sie tatsächlich eine gewisse Ähnlichkeit zwischen ihnen: Das Grübchen am Kinn, das bei ihm jedoch stärker ausgeprägt war, die dunklen, dichten Brauen, der glatte, feine Teint und nicht zuletzt die hochgewachsene, schlanke Silhouette. Diese Dinge waren ihr zuvor nie aufgefallen, dafür jetzt umso mehr.

„Wieso guckst du mich an wie ein Wesen von einem anderen Planeten?", fragte er verunsichert.

Jess grinste, nur nicht aus Freude. „Ich glaube, wir könnten auch äußerlich für Geschwister gehalten werden. Mir sind eben ein paar Dinge aufgefallen ..." Zusätzlich hatte sie noch einen kleinen Leberfleck auf seiner linken Wange entdeckt. An derselben Stelle hatte sie auch einen.

„Das bringt uns jetzt auch nicht weiter. Jess, ich liebe dich aus tiefsten Herzen, aber denk mal einen Schritt voraus. Wir werden nie eine Familie gründen können. Es wäre moralisch nicht vertretbar und zudem gesetzlich verboten."

„Warum sagst du mir das? Glaubst du, ich weiß es nicht?", schrie sie in einem Anfall von Verzweiflung und feuerte ihr Taschentuchpäckchen in die Ecke. „Würdest du mich deswegen einfach vergessen können? Nach all dem, was war? Taylor, sag' mir, dass alles nur ein böser Traum ist, aus dem ich gleich erwachen werde."

„Das würde ich zu gerne!", sagte er leise und fühlte eine verzehrende, brennende Sehnsucht, während er an die letzten intimen Stunden mit ihr dachte.

„Aber ehrlich gesagt, weiß ich momentan auch nicht weiter! Es ist wirklich unfassbar! Was glaubst du, wie oft es vorkommt, dass ein Bruder seine Schwester liebt?"

„Ein Halbbruder seine Halbschwester!", stellte Jess richtig und straffte sich.

„Außerdem müssen wir es ja nicht an die große Glocke hängen, dann könnten wir zusammen bleiben."

„Es kommt früher oder später auf, glaub'
mir. Und wie lange würdest du dieses Ver-
steckspiel aushalten? Mach dir nichts vor,
Jess! Du bist jung und hast selbst gesagt, dass
du bald eine Familie und Kinder haben
möchtest. Ich aber bin immerhin schon fünfunddreißig. Ehrlich gesagt habe ich Angst,
dass du es dir irgendwann anders überlegst
und dir einen anderen Mann suchst. Einen,
mit dem du dich frei fühlst und in der
Öffentlichkeit deine Liebe zeigen darfst. So
aber könnte das bei uns nie sein!" Taylor
stöhnte leise und ließ seinen Kopf auf ihren
Schoss sinken. Jess begann, ihn sanft zu
kraulen.

„Es hätte so schön werden können. Du hast
dein Haus gefunden, hast mit deiner
Vergangenheit abgeschlossen. Nichts wäre
einem Neubeginn entgegengestanden. Und
nun das …"

Dann klopfte es leise an Jess' Zimmertür.
„Möchtet ihr beiden nichts zu essen? Ich
würde gerne mit euch wegen des Er-
gebnisses der Haarprobe sprechen." Jess sah
auf ihre Armbanduhr. Es war bereits nach
zwanzig Uhr. „Gib uns fünf Minuten, Onkel
James!", rief sie durch die geschlossene Tür.
James zuckte mit den Schultern und tappte
langsam die Treppe hinunter.

Kapitel 12

Abgründe

„Und wenn ich nun auch noch von dir schwanger bin?" Jess saß völlig aufgelöst im Wohnzimmer von Taylors neuem Haus. Er war inzwischen umgezogen und hatte seine früheren Möbel fast alle aufgebaut und an ihren vorgesehenen Platz gestellt. Beide hatten in den letzten Wochen weniger Kontakt als zuvor, dennoch half Jess ihm bei kleineren Renovierungsarbeiten und dem Einräumen der Küche. Jeder musste nun selbst eine Möglichkeit finden, mit der Situation fertig werden und diese neue Art der Zusammengehörigkeit so zu akzeptieren, wie sie war.

Als Taylor aber an diesem Sonntagnachmittag von Jess erfuhr, dass ihre Tage überfällig waren, war auch er sichtlich schockiert. „Aber das …, kann das denn sein, dass …?", stotterte er und schenkte sich einen Ramazzotti ein.

„Es kann sehr wohl sein!", raunte Jess, als sie seine Zweifel heraushörte.

„Wie lange ist es denn her?"

„Ziemlich genau sieben Wochen. Erinnerst du dich an unser letztes Mal?" Er schien nachzurechnen und eine gewisse Bitterkeit durchzog sein Gesicht. Fahrig griff er sich durch die Haare. Es konnte tatsächlich passiert sein. Er hatte beim letzten Mal nicht aufgepasst und da Jess wegen ihrer Migräne die Pille abgesetzt hatte, wäre es durchaus möglich, dass …

„Hast du schon einen Test gemacht?", rief er und schnappte erregt nach Luft. Das durfte jetzt einfach nicht sein! Unruhig lief er im Zimmer auf und ab.

„Noch nicht. Aber gleich morgen werden ich mir einen aus dem Drogeriemarkt holen."

Am nächsten Tag fuhr sie in ihrer Mittagspause in den nächsten Supermarkt und besorgte sich einen Schwangerschaftstest. Nur wenige Stunden später führte sie ihn zuhause durch und - er zeigte ein negatives Ergebnis an!

Jess pustete. Nochmal Glück gehabt!, dachte sie und gab den Teststreifen zum Abfall.

Als Taylor sie am Abend in ihrem Zimmer aufsuchte und sie nur fragend ansah, erklärte Jess mit entspanntem Blick: „Der Test war negativ." Erleichtert tat er einen Schritt auf sie zu und drückte sie sehr lang und fest.

„Ich bin so froh über diese Nachricht. Die
Angst hatte mich den ganzen Tag im Griff
und ich habe mir schon die schlimmsten
Szenarien vorgestellt. Ich meine, für den Fall,
dass du schwanger gewesen wärest …"

„Es ändert zwar nichts an unserer Situation,
macht sie aber ein klein wenig leichter!",
resümierte Jess und knabberte an einer
Salzstange.

„Du hast Recht, wir sollten neben allem
anderen dennoch froh sein, dass dieser Fall
nicht eingetreten ist!"

Drei Tage später bekam Jess ihre Tage.
Vermutlich war nur aufgrund der
belastenden Situation ihr Zyklus aus der
Balance geraten. Trotzdem wusste sie nicht,
wie es nun weitergehen sollte. Jess mied es,
Taylor in der folgenden Zeit zu sehen. Doch
die Sehnsucht nach ihm wurde täglich
größer. Sie zehrte an ihrer Konzentration,
ihrer Kraft und ihrer Lebenseinstellung. So
gut es ging, versuchte sie, ihre wahre
Verfassung vor Emma und den Hotelgästen

zu verbergen. So Recht wollte Emma ihr nicht glauben, dass sie nur wegen ihrer Malerei etwas überarbeitet war, wie sie ihr gegenüber behauptete.

* * *

Jess war ganz still und fühlte eine tiefe, innere Ruhe in sich. Nach und nach drückte sie die Tabletten aus dem Blister und ließ sie in ihre Hand gleiten. Ihr Blick schweifte über den fast menschenleeren Strand. Doch auch die wenigen Leute, die bei Sonnenuntergang noch am Ufer spazieren gingen, würden nichts merken. Sie würden sich allenfalls über die junge Frau wundern, die scheinbar am Strand schlief und der steifen Brise trotzte. Sie würden sich keine weiteren Gedanken darüber machen, dass hier gerade ein Mensch aus dem Leben schied. Ein Mensch, der die Ungerechtigkeit und Härte seines Schicksals nicht mehr ertragen konnte. Ein Mensch, für den es nur noch diese eine Lösung gab. Eine Lösung, die endgültig war und mit einem Mal alles zunichtemachte, an dem dieser Mensch gebrochen war.

Plötzlich erspähte Jess eine Wolke über dem

Meer, welche die Form eines Herzens hatte und spürte, wie ihr heiße Tränen über die Wangen liefen. Jetzt war es zu spät. Sie wollte auch gar nicht mehr nachdenken. Nicht über Taylor, nicht über sich, nicht über ihr weiteres Leben. Sie dachte an ihre verstorbene Mutter. Bald würde Jess bei ihr sein. Sie senkte den Kopf und schrieb mit dem Finger Buchstaben in den Sand: B R O K E N. So konnte man ihren Zustand mit einem Wort beschreiben. Natürlich würde es nicht lange dauern, ehe der Wind die Buchstaben verweht hatte. Ebenso würde es nicht lange dauern, bis die Tabletten ihr Leben ausgehaucht hatten. Sie hatte es bewusst unterlassen, einen Abschiedsbrief zu schreiben. Nicht an Taylor, nicht an James, auch nicht an Emma. Man würde sie sowieso bald finden, spätestens am nächsten Morgen, wenn die ersten Jogger hier entlang liefen. Aber dann würde es zu spät sein und jede Hilfe wäre vergebens.

Sie zog die Kette mit dem Ying-Yang-Anhänger aus ihrer Jackentasche und hing sie sich um. Taylor hatte sie ihr geschenkt, nachdem die Wahrheit herausgekommen war. Er wollte ihr damit symbolisch sagen, was auch passieren würde, sie wären ein Leben lang miteinander verbunden.

Jess formte ihre Hand zu einer Mulde und schloss sie fest. Die Schlaftabletten stammten noch von Mum. Jess hatte sie in dem kleinen Arzeimittelköfferchen entdeckt, als sie die Haarbürste ihrer Mutter auf den Dachboden zurück brachte. Ein Blick darauf ließ sie erkennen, dass das Medikament erst in ein paar Monaten ablaufen würde. Sie lauschte dem Rauschen der Wellen, die sich am Ufer brachen, doch es drang nicht wirklich bis zu ihr vor.

Sie tastete nach der Flasche Rotwein in ihrem Rucksack. Alles war geplant, nichts dem Zufall überlassen. Alkohol in Verbindung mit Tabletten war ein hochwirksamer Cocktail. Jess fröstelte. Der Wind nahm an Stärke zu. Aber sie würde die unangenehme Kälte ohnehin nicht mehr lange wahrnehmen. Sie holte die Flasche hervor und öffnete sie. Mit geschlossenen Augen nahm sie einen großen Schluck daraus und noch einen und noch einen. Sie musste sich Mut antrinken. So einfach brachte man sich nicht um.

„Jess! Um Gottes Willen, nein! Was tust du!" Taylor, der plötzlich hinter ihr stand, erkannte sofort den Ernst der Lage. Sie riss den Kopf herum, wobei ihr die Pillen aus der Hand glitten, die sie gerade schlucken wollte. Sie sah ihn angewidert an, dann fing sie an zu kreischen und ließ ihren Oberkörper in den kalten Sand plumpsen.

Panisch zerrte Taylor Jess hoch. Sie fühlte sich schlaff und kraftlos an. Widerstandslos ließ sie sich von ihm nehmen. Taylor war schlagartig bewusst, dass er im allerletzten Moment gekommen war. Nur ein paar Minuten später und es wäre womöglich zu spät gewesen. Er hatte ihr nie zugetraut, dass sie so etwas machen würde.

„Oh, Jess! Meine dumme, kleine Jess! Wolltest du mich damit wirklich total un-glücklich und einen gebrochenen Mann aus mir machen? Er schämte sich seiner Tränen nicht, die er in diesem Moment frei fließen ließ. Auch wenn es sich für einen Mann nicht schickte. Jess las in seinem Gesicht Angst und Entsetzen.

„Ich…ich wollte es … für uns … tun", stammelte sie und erbrach im nächsten Moment den Wein in den Sand. „Ich hätte wenigstens einen qualitativ guten Wein nehmen sollen!" Es gelang ihr ein schiefes Lächeln.

„Ich finde das überhaupt nicht lustig!"
Taylor war in einer Verfassung, die sie noch
nie bei ihm gesehen hatte.

„Du wolltest es nicht für uns, du wolltest es
für DICH tun, Jess! So etwas ist feige! Es gibt
immer eine Lösung - für jedes Problem! Das
wurde mir zumindest von meinen
Adoptiveltern beigebracht!" Er zertrat
wütend die Pillen im Sand.

„Woher hattest du überhaupt so viele Schlaftabletten?"

„Mum, die Gute! Sie hatte immer welche
zuhause." Taylor reichte ihr ein Taschentuch.

„Hatte sie denn Schlafprobleme?", fragte er
aufgewühlt.

„Hatte sie. Vielleicht konnte sie ja nicht
schlafen, weil sie dich damals weggegeben
hatte …" Jess sah ihn vorsichtig an.

„Hm, möglich", konstatierte er knapp. „Aber
wir sollten nun zurückgehen. Allmählich
wird es dunkel und kalt hier."

„Ich wollte eigentlich nicht mehr lebend von
hier weg!", wisperte Jess, doch am Klang
ihrer Stimme erkannte Taylor, dass sie froh
darüber war, dass er sie noch rechtzeitig
gefunden hatte. Sie stand auf und ging
widerstandslos mit ihm zu dem etwas

entfernt gelegenen Parkplatz in der Nähe des Leuchtturms.

Bevor er den Wagen startete, umfasste er krampfhaft mit beiden Händen das Lenkrad. „Mach das bitte nie wieder, Jess! Du hast mir einen ordentlichen Schrecken eingejagt." Dann gab er Gas und fuhr weg.

„Woher wusstest du überhaupt, wo ich war?"

„Ich hatte einfach das Gefühl, dass du beim *Lighthouse* bist. Du hattest diesen Ort nämlich ganz am Anfang einmal erwähnt und gesagt, dass du immer hierher gefahren bist, wenn es dir mal nicht so gut ging."

„Habe ich das wirklich?" Sie konnte sich nicht mehr daran erinnern, aber es stimmte. Wenn sie Abstand von allem brauchte oder auch, um Inspiration für die Malerei zu finden, hatte sie des Öfteren schon diesen idyllischen Fleck aufgesucht.

„Du hattest wirklich Glück, Jess, dass ich ausgerechnet heute Abend zu deinem Onkel gefahren bin und mir etwas Dispersionsfarbe für das Fremdenzimmer holen wollte, das noch gestrichen werden muss. Dein Onkel dachte, du wärest bei mir, als ich ihn nach deinem Verbleib fragte. Da überkam mich schlagartig ein sehr ungutes Gefühl …"

„Und dein Gefühl hat dich nicht getäuscht!",
fügte sie nachdenklich an.

„Vielleicht sind wir ja auf eine ganz
besondere Weise verbunden …", meinte er
als Erklärung.

„Aber, … du wirst doch Onkel James nichts
erzählen?" Taylor entging ihr flehender Blick
nicht.

„Wenn du mir versprichst, in Zukunft mit
jemandem zu reden, bevor du kopflose
Dinge tust!"

„Ich verspreche es!" Sie legte ihre Hand aufs
Herz.

„Okay. Dann will ich mal Gnade walten
lassen. Möchtest du, dass ich noch mit
hineinkomme?" Sie hatten gerade James
Masons Hofeinfahrt erreicht.

„Nein, Taylor. Ich werde Onkel James
erzählen, dass ich nur etwas Ruhe gesucht
und einen längeren Spaziergang
unternommen habe. Was wirklich war, bleibt
unser Geheimnis, ja?" Taylor nickte und
schürzte die Lippen. Sie gab ihm einen
Abschiedskuss und stieg mit abwesendem
Blick aus dem Auto.

„Danke, Taylor!", flüsterte sie, dann suchte

sie nach ihrem Hausschlüssel im Rucksack und lief schnell zum Eingang.

* * *

Am nächsten Tag hatte Jess zum Glück frei und konnte ausschlafen. Der Wein hatte ihr ziemlich zugesetzt und ihr Schädel brummte höllisch. Sie schlich schlafwandlerisch die Treppe nach unten und löste eine Kopfschmerztablette in einem Glas Wasser auf. James, der im Wohnzimmer seine Morgenzeitung las, hörte Jess in der Küche klappern und kam zu ihr.

„Du warst gestern Abend noch spazieren? Taylor und ich hatten uns schon Sorgen gemacht!" James war bereits auf der Couch eingeschlafen, als Jess am Abend nach Hause kam und hatte nicht wirklich mehr etwas mitbekommen. Sie hatte ihm nur kurz gewunken und ansatzweise erklärt, wo sie gewesen war. Dann hatte sie sich sofort auf ihr Zimmer begeben.

„Es ist alles in Ordnung, Onkel James. Du musst dir um mich keine Sorgen machen!", versuchte sie ihn zu beruhigen und strich ihm über den Arm. James, der ein feines Gespür für seine Nichte hatte und sie lange genug kannte, schien ihr diese Erklärung nicht so ganz zu glauben.

„Das hoffe ich …", antwortete er knapp und sein Blick fiel auf die Schachtel mit dem Migränemittel auf dem Tisch. „Wenn du über etwas reden möchtest, ich habe jederzeit ein offenes Ohr."

Jess lächelte charmant. „Danke Onkel James. Ich weiß es zu schätzen." Niemals hätte sie jedoch auch nur ein Wort darüber verloren, was sich am vergangenen Abend am Strand abgespielt hatte. Sie wandte sich ab und machte sich einen Marmeladentoast und eine Tasse Kaffee dazu. Sie hatte kaum Appetit. Zu sehr kreisten ihre Gedanken um den gestrigen Abend. Sie würde es Taylor nie vergessen, dass er nach ihr gesucht hatte und sie letztlich davon abhalten konnte, eine ziemliche Dummheit zu begehen. Eine, die nicht mehr rückgängig zu machen war.

Es wurde ihr mit jeder Minute bewusster, wie wertvoll das Leben trotz allem war. Die Sonnenstrahlen streichelten sanft ihr Gesicht und durch das gekippte Fenster hörte sie die Vögel im Garten pfeifen. Das alles hätte sie nicht mehr wahrnehmen können, wenn … Jetzt aber war sie einfach nur froh, dass sie lebte. Es störte sie auch nicht, dass sie noch ihren Pyjama trug und ihre Haare unfrisiert waren. Es störte sie ebenfalls nicht, dass es bereits gegen Mittag war. Was jetzt zählte war, dass sie lebte!

Seufzend stand Jess nach einer gefühlten Ewigkeit auf und räumte ihr Frühstücksgeschirr in den Geschirrspüler. Aus dem Garten hörte sie Männerstimmen. Sie ging ans Fenster und sah James, der sich mit einem Nachbarn am Zaun mit Hand und Fuß gestikulierend, unterhielt. Onkel James, der Arme - auch er hatte mehrere Schicksalsschläge hinter sich. Aber umgebracht hatte er sich deswegen nicht. Jess, Taylor hat Recht: Du bist einfach feige! Stell dich dem Leben und nimm diese Herausforderung, die es momentan an dich stellt, doch bitteschön an! Es war, als spräche ihr Gewissen mit ihr. Jess sank vor Scham in sich zusammen. Eigentlich hatte sie es bereits zutiefst bereut, dass sie diesen Schritt machen wollte: Einen feigen Schritt, mit dem sie sich aus dem Leben stehlen wollte!

Plötzlich drang von draußen eine bekannte Stimme an ihr Ohr. Sie warf nochmals einen Blick aus dem Fenster: Taylor! Er stand nun ebenfalls bei den beiden Männern und blickte zu ihr hinauf, als Jess das Fenster öffnete.

„Hey, Jess! Alles okay bei dir?"

„Wie immer!" rief sie ihm zu und ein freudiges Lächeln huschte über ihr Gesicht.

„Wie sieht's aus? Hast du Zeit? Wir könnten am Abend Essen gehen, vielleicht ins *Westlake Fish House*. Ich hätte Lust auf Japanisch. Was meinst du?" Jess war hin und hergerissen. Natürlich wollte sie gerne mit dem Mann, den sie liebte, ihre Zeit verbringen. Aber …

„Okay, kannst du mich gegen Sieben abholen?"

„Klar, ich freue mich!"

„Bis dann, ich freue mich auch!" Schnell schloss sie das Fenster und lehnte sich an die Wand. Sollte sie wirklich? Natürlich würde das Gespräch ohne Umschweife auf das gestrige Geschehen kommen. Aber da Jess ja nun noch lebte, mussten beide über Kurz oder Lang einen Weg finden, wie es weitergehen sollte. Ja, sie würden einen Weg finden, den zwar jeder für sich alleine ging und trotzdem beide in einer tiefen Freundschaft verbleiben ließ.

Kapitel 13

Nur ein Jahr

Die Tage waren inzwischen merklich kürzer geworden und die Sonnenstrahlen erwärmten die Dinge, die sie streiften, nur noch matt. Der Wind wehte frisch vom Meer herüber. Es waren die letzten, schönen Tage im Spätherbst, bevor das Wetter endgültig für länger Zeit umschlagen würde.

Jess stand mit hochgeschlagenem Kragen noch einmal an jener Stelle am Strand nahe dem Leuchtturm und ließ ihren Gedanken freien Lauf. Die Zeit, die inzwischen vergangen war, hatte langsam aber beständig Erleichterung gebracht. Taylor war ihr inzwischen nicht mehr ganz so nah. Sie sahen sich zwar noch immer in regelmäßigen Abständen, da Taylor sich, wie er versprochen hatte, intensiv in die Theatergruppe einbringen wollte und dies auch tat. Auch finanziell unterstützte er sie nicht unerheblich.

Und niemand hatte Wind von dem Vorfall im Sommer am Strand bekommen, auch Onkel James hatte dicht gehalten und niemandem von der geschwisterlichen Beziehung der beiden erzählt. Ein langer Winter stand bevor. Jess fröstelte. Es gab im Moment viel zu tun. Sie hatte für einen Kunden von Jayden Harper ein Auftragsbild zu fertigen: *Zwei Liebende in New York* sollte das Motiv in Form einer modernen Ölmalerei auf Leinwand sein. Im Sea Crest Hotel war es jetzt ruhiger, dennoch fanden nicht wenige Menschen auch um diese Jahreszeit den Weg nach Montauk, um Ruhe und Abstand von Stress und Hektik der Stadt zu finden.

* * *

„Du bist nicht mehr mit Taylor zusammen, stimmt's?" Matt kam während der Pause zu den Proben des neuen Stücks *Amazing Christmas* auf Jess zu. In dem Lustspiel ging es um eine junge Frau, die Liebesbriefe vom Weihnachtsmann erhält, bis sie herausfindet, wer der Weihnachtsmann wirklich ist.

„Und falls es dich interessiert: Ich habe ihn kürzlich mit Emma Baker vor dem Hotel gesehen. Die beiden haben sich lange und angeregt miteinander unterhalten", fügte er mit einem Siegerlächeln hinzu.

Jess aber fühlte wider Erwarten einen heftigen Stich in der Brust, als sie das hörte. Sie ließ sich nichts anmerken und erwiderte schlagfertig: „Ach ja? Und du bist die ganze Zeit daneben gestanden, um alles zu protokollieren und mir zu berichten, oder?" Er sollte ruhig merken, dass sie sein Geschwätz nicht für ernst nahm.

„Es kann jeder tun, was er für richtig hält. Das gilt auch für Taylor." Mit diesen Worten ließ sie ihn im Türrahmen des Toilettenvorraumes stehen. Auf dem Weg zum Innenraum begegnete sie Taylor und warf ihm einen stechenden Blick zu. Wenig später ärgerte sie sich bereits darüber. Warum ließ sie sich von Matt derartig vorführen? Tatsächlich war Taylor, genau wie Jess, ein freier Mensch und konnte machen, was immer er wollte. So lautete die Abmachung, die beide vor einiger Zeit getroffen hatten. Doch es fiel Jess schwer. Ihr Kopf hielt sich an die Regeln, nur ihr Herz wollte ihnen nicht immer gehorchen. Die Erinnerung an eine unbeschwerte Zeit mit ihm war noch immer präsent.

„Alles okay?", fragte Taylor, dem ihre schlechte Laune nicht entgangen war. Er merkte in diesem Moment wieder, dass er noch sehr an ihr hing. Er setzte sich auf einen freien Stuhl neben sie. Jess vermied es, ihn anzusehen und nickte nur. „Es geht gleich weiter", erklärte sie und schnäuzte sich zum Schein. Wahrscheinlich hatte er gemerkt, dass nichts okay war. Der Gedanke, dass er und Emma … Jess ballte ihre Faust in der Jackentasche.

„Ich finde das neue Stück absolut gelungen und auch die Schauspieler geben ihr Bestes. So soll es sein. Ist schon ein Termin für die Premiere bekannt?", fragte er und hängte seine Winterjacke über die Stuhllehne.

„Mir ist noch nichts bekannt", erklärte sie kurz angebunden. Das Bild von Emma und ihm ging ihr auch nicht aus dem Kopf, als die Pause vorüber und der zweite Teil der Vorstellung gespielt wurde. Sie hielt das Textbuch krampfhaft in ihrer Hand.

„Es fehlen noch ein paar Requisiten für das Bühnenbild und die Schneiderin ist auch in Verzug mit den Kostümen", flüsterte Jess ihm nach einer Weile zu.

„Wir haben noch Zeit!", beruhigte er sie und legte beiläufig seine Hand auf ihre. Jess zuckte unmerklich zurück.

„Jayden hat mir kürzlich die Adresse eines Ladens in New York City gegeben, wo man Theaterrequisiten mieten kann. Sie müssen dort eine Riesenauswahl haben", meinte sie und sah ihn hoffnungsvoll an.

„Sehr gut. Dann werden wir sicher finden, was wir noch benötigen. Vielleicht gibt es dort auch Kleidung", meinte Taylor optimistisch.

Als die Proben zu Ende waren, wurde noch einige Zeit über die Aufführung diskutiert und Verbesserungsvorschläge gemacht oder Kritik hervorgebracht.

„Mir gefällt der Schluss noch nicht ganz, er muss etwas dramatischer ablaufen. Daran sollten wir noch etwas feilen", merkte Taylor zurückhaltend an. Die betreffenden Schauspieler stimmten ihm fast alle zu.

„Wegen der Requisiten habe ich schon einige Ideen", verriet Jess den anderen zum Schluss und zog sofort neugierige Blicke auf sich. Sie kaute an ihrem Bleistift und senkte den Blick konzentriert auf ihre Aufzeichnungen.

„Könnte ich noch die Adresse von diesem Requisiten-Verleih haben?" Taylor schlüpfte in seine Jacke, nachdem sich auch die anderen Theatermitglieder auf den Heimweg gemacht hatten. Jess kramte in ihrem Portemonnaie nach der Visitenkarte. „Vielleicht können wir zusammen hinfahren?", fragte sie leise.

Taylor überflog die Anschrift und bejahte ihre Frage. „Gerne." Die Adresse befand sich in Manhattan in der 57. Straße.

Als Jess zu ihrem Wagen kam, war er bereits mit einer feinen Schneeschicht überzogen. Jess lächelte und freute sich über den wenigen, ersten Schnee. Ganz automatisch malte sie mit dem Finger ein großes T darauf, bevor sie die Scheiben freiwischte. Es war nasskalt und ungemütlich und Jess war froh, als sie zuhause ankam. Bevor sie in ihrem Bett einschlief, musste sie wieder an die Worte von Matt und sein hämisches Grinsen denken.

* * *

Wieder war es Montag. Der Wecker klingelte unbarmherzig und holte sie mitten aus einem wunderschönen Traum. Jess rieb sich die Augen und gähnte. Der Gedanke, in einer guten Stunde Emma Baker gegenüber treten zu müssen, rief heute ein flaues Gefühl in ihrem Magen hervor, als sie sich vorstellte, Matt hätte womöglich die Wahrheit gesagt. Sie zweifelte dennoch daran, sie wollte es einfach nicht glauben. Aber es half nichts. Müde schleppte sie sich ins Badezimmer.

Ein Blick auf ihre Uhr bestätigte ihr wenig später, dass sie sich beeilen musste und hastig schlang sie daher ihr Buttercroissant und den letzten Schluck Kaffee hinunter. Genau drei Minuten vor halb acht kam sie im Sea Crest Hotel an und erreichte ihren Arbeitsplatz im Laufschritt noch rechtzeitig. Emma befand sich in der Lounge im Gespräch mit einem jungen Ehepaar und winkte nur kurz herüber.

Jess vertiefte sich ins Tagesgeschäft. Sie warf Emma nur ab und zu einen abschätzigen Blick zu und kaute nervös an ihrer Unterlippe. Nach wenigen Minuten stöckelte sie lächelnd und wie immer top gestylt zur Rezeption.

„Guten Morgen, Süße!", flötete ihre Chefin übertrieben gutgelaunt.

„Das waren Mr. und Mrs. Miller. Die beiden hatten letztes Jahr schon angefragt, leider waren wir völlig ausgebucht an Sylvester. Erinnerst du dich?" Sie betrachtete zufrieden ihre neuen Permanent-Nägel. „Die Herrschaften möchten gerne drei Tage bleiben."

„Dann kann ich für die beiden reservieren?"

„Tu das, Jess und gib ihnen ein schönes Zimmer, ja? Schließlich sind sie zum ersten

228

Mal bei uns und ich möchte, dass sie zufrieden sind. Vielleicht ist das Erkerzimmer noch frei? Geld scheint nicht die große Rolle bei ihnen zu spielen. Mr. Miller ist Rechtsanwalt in Hempstead." Jess begriff sofort.

„Klar, du kannst dich auf mich verlassen!", säuselte Jess, doch innerlich kochte sie. Emmas gute Laune konnte ja nur einen Grund haben … Sie wollte sich aber nichts anmerken lassen und gab sich äußerlich wie immer.

Gegen Mittag erschien ein eleganter, hochgewachsener Mann um die Vierzig im Foyer des Hotels. Er trug einen dunklen Anzug mit Krawatte und hatte ein gut geschnittenes Gesicht. Jess registrierte ihn nur flüchtig, da sie gerade mit einer Kundschaft telefonierte.

Er wirkte ein wenig unsicher und kam mit langsamen Schritten zum Empfang. Eben hatte Jess den Hörer aufgelegt, als er vor ihr stand. Sie roch sein Aftershave. Es war angenehm herb und passte zu dem Herrn.

„Sie wünschen?", fragte Jess freundlich.

„Ich bin mit Mrs. Baker verabredet." Er sah prüfend auf seine goldene Uhr.

„Mrs. Baker … wird gleich für Sie da ein",

229

würgte Jess hervor. Sie musste ihm ja nicht auf die Nase binden, dass Emma gerade auf der Toilette war. In diesem Augenblick ging die Tür der Damentoilette auf und Emma kam strahlend herbei.

„Das ist Ron, ein ehemaliger Schulkamerad", stellte sie den etwas verdutzt blickenden Mann vor. „Wir haben uns nach fast zwanzig Jahren wieder getroffen, und rate mal wo? - Bei Tonys Bootsverleih! Ron macht im Moment Urlaub hier und wollte sich ein Boot mieten. Ist das nicht fantastisch?"

Jess wusste nicht, ob sie das Boot oder den Mann meinte. Sie fühlte sich irgendwie überfordert von Emmas nicht enden wollendem Redefluss.

Emma griff nach dem Autoschlüssel und packte ihre Tasche zusammen. „Jess, ich bin in etwa zwei Stunden wieder hier. Du übernimmst so lange das Ruder, ja?"

„Kein Problem!", bestätigte Jess ihrer Chefin, die sich daraufhin bei dem attraktiven Herrn unterhakte und mit ihm zum Ausgang spazierte.

Jess blickte den beiden hinterher, bis sie das Hotel verlassen hatten. Dann fiel es ihr plötzlich wie Schuppen von den Augen: Das musste der Typ gewesen sein, den Matt kürzlich mit Emma gesehen hatte! Natürlich! In einigem Abstand und von hinten konnte man ihn tatsächlich für Taylor halten. Seine Figur, Größe und das dunkle, volle Haar passten. Jess hätte am liebsten laut heraus gelacht, so erleichtert war sie. Nur musste sie sich wegen der anderen Gäste beherrschen. Ihr war schlagartig klar, dass Matt diesen Mann gesehen haben musste! Und ich habe mich umsonst gegrämt, dachte sie und schüttelte den Kopf.

* * *

Der November bescherte Montauk wider Erwarten noch ein paar sonnige Tage, obwohl er bereits mit dicken Schneeflocken begonnen hatte. Taylor hatte sich inzwischen gut in die Theatergruppe eingefunden. Die anderen schätzten seinen Rat und seine Unterstützung. Durch seine Ehe mit einer Schauspielerin und die daraus resultierende Erfahrung im Bereich Film und Theater waren seine Tipps sehr wertvoll. Er hatte überdies beschlossen, demnächst selbst ein Drehbuch zu schreiben. Ein tiefgreifendes Drama über eine unglückliche Liebe. Er hoffte, das Schreiben würde ihm dabei helfen, auch sein eigenes Schicksal aufzuarbeiten.

An einem dieser Sonnentage klingelte am Nachmittag bei Taylor das Telefon.

„Hi, Jess!", rief er freudig und presste den Hörer ans Ohr. „Was gibt es denn?"

„Taylor, mein Dienstplan hat sich wegen der Santa-Claus-Feier leider geändert."

„Das heißt?", fragte er ahnungsvoll.

„Das heißt, dass ich morgen nicht mit dir nach Manhattan fahren kann. Ich muss den ganzen Tag arbeiten. Vielleicht können wir ja ein anderes Mal …?"

„Mach dir deswegen keinen Kopf, Jess! Dann fahre ich eben alleine hin. So schwer werden die Requisiten wohl nicht sein, als dass ich sie nicht tragen kann und ich denke, in meinem Kombi bekomme ich auch alles unter."

„Wäre sehr lieb, wenn du das machst. Du weißt, allmählich muss alles komplett und fertig werden." Ihre Stimme klang etwas traurig, denn sie wäre zu gerne mitgefahren. Doch es blieb nicht mehr viel Zeit.

„Ich weiß und darum werde ich morgen fahren und falls Fragen auftauchen, melde ich mich bei dir."

„Danke Taylor!", hauchte sie und verabschiedete sich.

Am nächsten Tag hatte das Wetter umgeschlagen und feiner Schneeregen fiel seit Stunden. Taylor machte seinen Zweitwagen, den er vor kurzem für diverse Transporte gekauft hatte, startklar. Er fuhr an eine nahe gelegene Tankstelle und tankte den Wagen voll. Wenn alles gut lief, würde er etwa zweieinhalb Stunden nach Manhattan benötigen. In der Erwartung, in dem Laden das passende Equipment zu finden, setzte er sich ans Steuer und fuhr auf der Ausfallstraße Richtung Southampton. Er legte seine Lieblings Music-CD ein und schnippte mit den Fingern im Takt dazu.

Taylor lag gut in der Zeit. Gegen Mittag würde er am Ziel ankommen. Es war nicht viel Verkehr heute, was vermutlich mit dem Wetter und der Jahreszeit zusammenhing und kein Vergleich zu den Sommermonaten war, in denen viele Urlauber den Weg nach Long Island suchten.

Er schaltete den Scheibenwischer eine Stufe höher. Der Schneeregen war jetzt in dichten Schneefall übergegangen und verschlechterte die Sicht zunehmend. Taylor zog es vor, die

Geschwindigkeit zu drosseln und schaltete jetzt von CD auf Radio um. Der Wetterdienst warnte gerade vor starken Sturmböen im Küstenbereich.

„Auch das noch!", stöhnte er und spürte, dass der Wind tatsächlich stärker wurde. Er fuhr sehr konzentriert und den Verhältnissen angepasst. Die Zeiten, in denen er sich betrunken ans Steuer setzte, waren endgültig vorbei. Plötzlich piepte das Smartphone, das neben ihm auf dem Beifahrersitz lag. Er hatte von Jess eine SMS erhalten und wollte danach greifen, um die Nachricht zu lesen. Vielleicht war ihr noch etwas Wichtiges eingefallen. Doch das Mobiltelefon rutschte in dem Moment über den Rand des Sitzes und landete auf der Fußmatte.

Taylor beugte sich schräg nach unten, bekam es aber nicht zu fassen. Er schnallte sich kurzzeitig ab, um es aufzuheben. Nur eine Sekunde war er abgelenkt, hatte er seine Aufmerksamkeit nicht auf die Straße gerichtet, da passierte es: Er verriss die Lenkung und kam auf die Gegenfahrbahn. Dieser eine Augenblick jedoch war verhängnisvoll! Ein großer Truck kam ihm entgegen. Taylor sah noch die aufgeblendeten Lichter des Fahrzeugs und hörte sein Hupen und stieß einen spitzen Schrei aus.

Doch er hatte keine Chance. Der LKW
konnte aufgrund seiner überhöhten
Geschwindigkeit nicht mehr bremsen. Der
Fahrer versuchte noch auszuweichen, aber es
gelang ihm nicht. Ein dumpfer Aufprall
folgte. Taylor nahm nichts mehr wahr. Er
war frontal gegen den Riesen gefahren. Sein
Wagen wurde völlig demoliert und hatte nur
noch Schrottwert. Taylor war sofort tot …

Kapitel 14

Nur ein Augenblick

Warum meldet er sich denn nicht? Jess fand keine Erklärung. Sie hatte Taylor bereits eine SMS und zwei Sprachnachrichten über ihr Smartphone geschickt, aber er reagierte nicht. Sie wollte ihm wegen der Kostüme noch ein paar wichtige Details mitteilen. Als sie schließlich gegen Mittag versuchte, ihn telefonisch zu erreichen, war sein Handy abgeschaltet. Er müsste längst in Manhattan angekommen sein, dachte sie, als sie etwas später einen kurzen Blick auf ihre Uhr warf. Eine unheilvolle Unruhe beschlich sie.

Es war gegen fünfzehn Uhr, als plötzlich Onkel James durch den Eingangsbereich zur Rezeption eilte. Er war leichenblass und seine Augen schienen aus ihren Höhlen zu treten. Wie er sie ansah, wusste Jess sofort, dass etwas passiert sein musste. Ihr Herz begann zu rasen, noch ehe er etwas sagte.

Mit weichen Knien kam sie um die Theke herum. Er zog Jess beiseite und stammelte fast tonlos: „Jess, es … ist … etwas Furchtbares passiert …"

Jess spürte mit einem Mal einen dicken Knödel im Hals. Krampfhaft versuchte sie, die Kontrolle nicht zu verlieren. Das Blut dröhnte in ihrem Kopf und sie vergaß zu atmen. Langsam füllten sich Onkel James' Augen mit Tränen.

„Nein!", flüsterte Jess. Sie hielt sich ahnungsvoll die Hand vor den Mund, wusste aber gleichzeitig, dass James Mason ihr widersprechen würde.

„Doch! Kannst du …, ich meine, können wir hier irgendwo in Ruhe …?" Er rang sichtlich nach Fassung.

„Ja. Ja, natürlich", stammelte sie. Ihr Blick fiel zur Treppe. Emma würde sicher gleich wieder kommen, sie wollte nur kurz etwas mit einem Handwerker wegen der Heizung in Zimmer Elf besprechen. Jess ging daher mit ihrem Onkel ins Büro, das heute wegen Urlaubs nicht besetzt war.

„Jess! Taylor ist … Er ist heute Vormittag … tödlich verunglückt!" Es fiel ihm unendlich schwer, seiner Nichte diese Nachricht beizubringen. Er zog sein Taschentuch heraus und schnäuzte sich. Wie in Trance ließ Jess sich auf den Bürostuhl sinken. Das musste ein schlechter Scherz sein!

„Das ist nicht wahr!" Sie sprang auf und warf sich an die Brust des Onkels. Heftig schluchzend trommelte sie gegen seine Brust. „Sag', dass das nicht wahr ist! Sag' es!" Instinktiv wusste sie, dass es die grauenvolle Realität war.

„Er hatte ... einen Unfall!" James verlor selten die Beherrschung, aber diese Situation überforderte ihn. Er drückte Jess, so fest er konnte, an sich. Sie tat ihm, neben seinem eigenen Schmerz, so furchtbar Leid, dass es ihm fast das Herz brach.

„Aber warum? Warum hatte er einen Unfall? Er ... er fährt immer vorsichtig, besonders bei einem Wetter wie diesem heute!" Jess klammerte sich an die letzte kleine Hoffnung. Es konnte einfach nicht sein!

„Er kam aus ungeklärten Umständen auf die Gegenfahrbahn und ... stieß mit einem Lastwagen zusammen! Die Polizei sagt, er hatte ... keine Chance!"

Jess sah ihren Onkel mit aufgerissenen, rot geäderten Augen an.

„Nein!", widersprach sie noch einmal, doch ihre Stimme klang jetzt leise und schlaff. Deswegen hatte er auf ihre Nachrichten nicht geantwortet. Ihre Befürchtungen hatten sich auf schlimmste Weise bewahrheitet. James

238

wurde nach dem Unfall von der Polizei in seinem Haus aufgesucht, da man bei Taylors persönlichen Sachen die Adresse von Mr. Mason gefunden hatte.

„Das Leben ist manchmal grausam und ungerecht!", flüsterte James, der noch immer seine Arme schützend um Jess geschlungen hatte. In dem Moment kam Emma nichts- ahnend herein. Sie blieb wie angewurzelt stehen und erfasste im Bruchteil einer Sekunde, dass es ein großes Problem geben musste. Sie sah die beiden mit fragenden Augen an und James musste an diesem Tag noch einmal die traurige Nachricht über- bringen.

Jess wusste an diesem Tag nicht mehr, wie sie nach Hause gekommen war. Sie stand völlig neben sich und glaubte immer noch, alles wäre nur ein schlechter Traum. Emma stand ebenfalls unter Schock, als sie die Nachricht hörte und schenkte sich erst einmal einen Cognac ein, den sie sich von einer Angestellten bringen ließ. Onkel James musste Jess stützen, als er mit ihr das Hotel verließ und gab ihr zuhause ein Beruhigungsmittel, auf das sie zumindest einige Stunden schlafen konnte. Das Leben war von einer Sekunde auf die andere ein anderes geworden. Das aber wollte nicht in ihren Kopf. Nicht jetzt.

* * *

Es dauerte einige Zeit, bis Jess wieder einen
klaren Gedanken fassen und halbwegs zu
ihrem Alltag zurückkehren konnte. Es wurde
trotz genauer Ermittlungen nicht heraus-
gefunden, welche Ursache letztlich zu dem
Unfall geführt hatte. Der Fahrer des Last-
wagens erlitt zwar einen schweren Schock,
wurde aber zum Glück nur leicht verletzt.

Jess wusste nicht, wie nun alles ohne ihn
weitergehen sollte. Bei den Vorbereitungen
zu Taylors Beerdigung unterstützte ihr
Onkel sie nach Kräften. Auch die Mitglieder
der Theatergruppe waren überaus bestürzt
darüber, was passiert war und es gab
zunächst wilde Spekulationen über den
Unfallhergang. Es würde wohl für immer ein
Geheimnis bleiben und spielte eigentlich
auch keine Rolle mehr, dachte Jess. Es
machte Taylor nicht mehr lebendig.

Traurig und blass stand sie wenige Tage
später mit James bei der Beerdigung an
Taylors Grab. Es waren alle gekommen, die
ihn kannten. Auch Matt. Er hob den Kopf
und sah herüber. Er bedachte Jess mit einem

Blick, für den sie ihn hätte töten können. Es war eine Mischung aus Mitleid und Schadenfreude. Was er dachte, konnte sie förmlich in seinem Gesicht ablesen. Jess erwiderte ihn nur mit einem beherrschten Nicken, das Matt nicht würde deuten können. In diesem Moment aber war er für sie endgültig gestorben. Er war einfach nur widerlich!

Jess hatte auf die Schnelle telefonisch auch Taylors Adoptiveltern erreicht und versucht, ihnen die Wahrheit schonend beizubringen. Sie waren einige Tage nach dem Unfall aus Clifton angereist und übernachteten in seiner Villa. Die beiden älteren Herrschaften gaben ein sehr sympathisches Paar ab und wirkten trotz der Umstände gefasst. Vielleicht, weil Taylor nicht ihr leiblicher Sohn war? Jess wollte nicht darüber nachdenken. Sie lernte auch Taylors Schwester Vivian und seinen jüngeren Bruder **Chris** kennen. Er stand neben seiner Mutter, der er wie aus dem Gesicht geschnitten ähnlich sah. Er selbst hatte etwa die Größe von Taylor, war ebenfalls dunkelhaarig, sehr schlank und trug seine Haare kurz. Eine modische Brille machte seine smarte Erscheinung perfekt.

Als sie dem Ausgang zusteuerten, zog Chris eine Visitenkarte aus seiner Geldbörse und gab sie Jess.

„Falls du dich mal bei mir melden möchtest, zum Quatschen oder einfach so: Ich bin jederzeit für dich da. Es tut mir sehr Leid für dich! Er war ein guter Freund von dir, nicht wahr? Auch mir war Taylor immer ein angenehmerer, älterer Bruder, wenn auch nicht mein leiblicher, von dem ich viel lernen konnte. Leider haben wir seit Langem kaum noch Kontakt gehabt. Außer einem Geburtstagsgruß oder einer Weihnachtskarte war Funkstille. Ich arbeite für eine Computerfirma, die verschiedene Niederlassungen in Europa hat und bin geschäftlich oft unterwegs." Er seufzte. Jess hatte das Gefühl, dass Chris darüber nicht ganz glücklich war.

„Ja, Taylor war ein …, ein sehr guter Freund von mir. Wir hatten viele Gemeinsamkeiten." Näher wollte sie diese jedoch nicht ausführen.

„Nun, zumindest haben wir uns auf diese Weise auch mal kennen gelernt." Der junge Mann, der dem Anschein nach nicht viel älter als Jess war, lächelte mühsam. Seine Eltern und er hatten offensichtlich keinen Schimmer davon, in welcher Beziehung Jess und Taylor tatsächlich gestanden hatten.

Als die Testamentseröffnung einige Wochen später bei einem Notar stattfand, fiel Jess aus allen Wolken. Taylor hatte ihr tatsächlich im Falle seines Todes die Villa vermacht. War es eine Vorahnung? Jess war über die Tatsache, dass er in seinem Alter bereits ein Testament gemacht hatte, verwundert. Es verschlug ihr fast die Sprache, als der untersetzte Herr im grauen Anzug sie fragte, ob sie das Erbe annehmen wolle.

„Ja …", stammelte sie mit trockenem Mund und nahm einen Schluck aus dem Wasserglas, das die Sekretärin auf den Schreibtisch des Notars gestellt hatte. Der Sportwagen sowie die Wertpapiere, Antiquitäten und sämtliches Mobiliar hatte er seinem Bruder Christian vermacht. Das Bargeld, eine ordentliche Summe, war für seine Eltern zum Dank für das, was sie für ihn getan hatten, angedacht. Der Notar schürzte ergriffen die Lippen.

„Ein vermögender Herr", kommentierte er und merkte, wie Jess dunkelrot anlief.

„Hm", antwortete sie nur und blickte verschämt auf ihre Schuhspitzen. Welche Folgen diese Erbschaft für sie haben sollte, war Jess zu diesem Zeitpunkt noch nicht bewusst.

Kapitel 15

Neubeginn

Es schien, als war dieses Jahr wie nur ein Moment vergangen. Das Leben ging weiter, auch wenn Taylor bei allen eine große Lücke hinterlassen hatte. Besonders Jess war in den Erinnerungen an ihn gefangen und brachte nur ganz allmählich ihr Leben wieder in die Gänge. Nach langem Überlegen hatte sie sich entschlossen, die Villa zu verkaufen. Es fand sich auch nach kurzer Zeit bereits ein Käufer. Ein Zahnarztehepaar mittleren Alters mit drei halbwüchsigen Kindern war von dem Haus begeistert und nach nicht allzu langem Überlegen waren sie sich handelseinig.

Als sie mit ihrem Onkel eines Abends auf der Terrasse beim Abendessen saß, meinte er: „Nun bist du ja eine wohlhabende Frau."

„Das Vermächtnis war ein Zeichen seiner Liebe und Verbundenheit", antworte Jess verklärt und kaute an ihrem Baguette. Das Vermögen würde ihr völlig neue Wege eröffnen. Dieser Gedanke gab Jess ein Gefühl der Erleichterung. Sie lehnte sich entspannt ihn ihrem Stuhl zurück. Sie würde ihr Leben neu überdenken. Die finanzielle Freiheit ermöglichte es ihr, sich Wünsche und Träume zu erfüllen.

Nach einigen Monaten und reiflicher Überlegung kündigte Jess ihren Job im Hotel. Emma war davon natürlich wenig begeistert.

„Ich werde dich sehr vermissen, Jess", erklärte ihre Chefin beim Abschied leise. Sie drückte Jess noch einmal fest und wischte sich eine Träne aus dem Augenwinkel.

„Mit Molly hast du nun ja einen guten Ersatz gefunden und schließlich bin ich nicht aus der Welt. Wenn einmal Not am Mann ist, brauchst du mich nur anzurufen."

„Danke, Jess!" Emma lächelte schief.

Auch Jess fiel der Abschied von ihrer Arbeit nicht leicht, aber nun hatte sie endlich die Chance, sich ganz auf die Malerei zu konzentrieren. Sie hatte mit Jayden über ihre Pläne gesprochen und er erklärte sich überglücklich bereit, sie in Zukunft noch mehr zu unterstützen und zu fördern. Er hatte zudem wichtige Kontakte zur New Yorker Kunstszene und wollte Jess groß herausbringen. Seine Euphorie war ansteckend und ihre Werke wurden zunehmend besser. Die

Farben auf den Bildern waren kräftig und intensiv und in allen Motiven, die ausdrucksstark ihre Emotionen verdeutlichten, verbarg sich immer auch etwas von ihrer Vergangenheit. Auf diese Weise konnte Jess es verarbeiten. Der Verkauf lief besser als je zuvor, was ihr immer wieder neuen Antrieb gab, noch besser zu werden.

Aber nicht nur der Malerei, sondern auch ihrer Theatergruppe konnte Jess sich jetzt in vollem Umfang widmen. Ein neues, modernes Stück über die fatalen Auswirkungen der sozialen Medien wurde einstudiert. Jess übernahm es wie immer, sich um das Bühnenbild zu kümmern. Sie hatte es sich jedoch auch zur Aufgabe gemacht, das Drehbuch für ein Theaterstück, das Taylor noch zu schreiben begonnen hatte, fertigzustellen. Die Uraufführung sollte nach Weihnachten stattfinden. Es war eine große Herausforderung, der Jess sich im Gedenken an ihn hingebungsvoll annahm. Und es wurde entsprechend dem Einsatz und der Bemühungen aller Beteiligten ein überraschend großer Erfolg, sogar die Zeitung berichtete darüber.

* * *

Dann holte Jess an einem warmen
Frühjahrstag im folgenden Jahr die kleine
Visitenkarte hervor, die Chris ihr beim
Begräbnis gegeben hatte und die sie kürzlich
beim Aufräumen ihres Schreibtisches
gefunden hatte. Sie atmete tief ein und
wählte mit zittrigen Fingern seine Nummer.

„Jessica Blair. Hi, Chris! Wie geht es dir? Wir
haben lange nichts voneinander gehört und
da wollte ich … auf dein Angebot
zurückkommen. Ich meine, wenn das noch
gilt, was du mir bei Taylors Trauerfeier
angeboten hast?" Die Überraschung und
Freude über den unerwarteten Anruf von
Jess waren unüberhörbar und beide
unterhielten sich lange über das vergangene
Jahr. Sie verabredeten sich spontan zu einem
Treffen.

Es folgten in den nächsten Wochen noch
einige, weitere Treffen, bei denen beide
spürten, dass sie einander noch viel mehr zu
erzählen hatten …

An einem dieser Abende im Frühsommer
stand Jess lange am Ufer und blickte aufs
Meer hinaus. Sie wusste, dass sie Taylor nun
endgültig losgelassen hatte. In ihrem Inneren
fühlte sie sich wieder frei. Frei für eine neue

Liebe?

Jess ging beschwingt und mit aufgeregtem Herzklopfen über die Uferpromenade zum Parkplatz zurück. Chris würde sicher schon mit seinem Wagen auf sie warten.

Über die Autorin

Alisha April ist das Pseudonym der Autorin
Martina Schmid, die mit ihrer Katze in einem
kleinen Ort in Bayern lebt. Sie liebt Tiere und
die Natur. Dort findet sie auch die Muse zum
Schreiben. Bisher hat sie drei Kinderbücher,
zwei Bücher für Leseanfänger sowie einen
Bayern-Krimi ("Herrschaftszeiten!") und
einen Roman ("Feed Me! Tödliche Gier")
verfasst. Im Jahr 2015 hat Martina Schmid
zudem zwei Zeitzeugenberichte aus dem
Zweiten Weltkrieg ("1941-1948. Die sieben
längsten Jahre meines Lebens" und "Die
schwärzesten Tage - Flucht aus Pommern
1945") veröffentlicht. Ihr letztes Werk
("Bluttempel - Das Vermächtnis der
Walhalla") ist ein Thriller, der in zwei
Zeitebenen spielt, die auf besondere Weise
miteinander verwoben sind.
Die Autorin fing schon im Jugendalter mit
dem Schreiben von Gedichten und
Songtexten sowie kleineren Geschichten an.
Aus beruflichen und familiären Gründen
unterbrach sie diese Leidenschaft für einige
Jahre. Doch seit geraumer Zeit widmet sie
sich wieder verstärkt dem Schreiben und
arbeitet momentan am zweiten Teil ihrer
Romance-Fantasy-Reihe.

Danksagung:

Besonders danken möchte ich natürlich meinen Leserinnen und Lesern. Für euch habe ich diesen Roman geschrieben, mich Tag und Nacht hingesetzt, geschwitzt, mitgefiebert und gelitten mit meinen Protagonisten, unzählige Tassen Kaffee während des Schreibens geschlürft und war glücklich, als der letzte Satz geschrieben war. Wenn euch mein Buch gefallen hat, könnt ihr euch auf meiner Facebook-Seite über Neuerscheinungen und Aktionen informieren.

Und natürlich freue ich mich auch über eure Meinung, zum Beispiel durch eine Rezension im Internet.

Eure Martina Schmid alias Alisha April

Meine Website:

www.martina-schmid.de

Autorenseiten auf Facebook:

https://www.facebook.com/Martina-Schmid-Autorin-708524825902801/?ref=ts&fref=ts

sowie

https://www.facebook.com/Alisha-April-1681837598765139/?ref=ts&fref=ts

Bücher von Martina Schmid:

„Feed me! Tödliche Gier" (Romance-Thriller)

„Herrschaftszeiten!" (Ostbayern-Krimi)

„Bluttempel – Das Vermächtnis der Walhalla" (Thriller, der in 2 Zeitebenen spielt)

Leseprobe aus „Feed me! Tödliche Gier"

Prolog:

Willst Du sexy aussehen?

Eine richtige „Sexbombe" sein?

„Ja, klar!", sagst Du? – Dann stopf Dich voll, nimm zu und geh auseinander! Schaufel' pfundweise Marshmallows, Hamburger, Schokolade und Frittiertes in dich rein. Achte darauf, dass Dein Bauch immer schön voll ist! Auch wenn Du keinen Hunger verspürst, iss trotzdem - und gerade deshalb! Und Du wirst sehen, bald schon wird sich eine feine Schicht um deinen Bauch legen. Deine Hüften werden breiter werden, Dein Busen wird wachsen. Du kannst Dir bald schon neue BHs kaufen. Du wirst mehr und mehr zu einer Sexbombe werden und die Männer werden Dich bewundern. Sie werden Dir hinterher schauen und sich die Hälse ausrenken, denn Dein Körper ist nun schön groß, kurvig und sexy. Das glaubst Du nicht? Nun, es ist wissenschaftlich bewiesen, dass die Mehrzahl der Männer auf große Brüste und breite Hüften stehen, das Ganze von einem schönen Bauch abgerundet. Warum das so ist, fragst Du? Ein fülliger Frauenkörper strahlt eben „Fruchtbarkeit" aus, so als wäre er schwanger! Und was kann einem Mann ein schöneres Gefühl geben, als dass er eine Frau geschwängert hat? Den Beweis, dass er potent ist?

Fett macht schön!

Kapitel 1

In neunhundertzweiundsiebzig Tagen war ihr dreißigster Geburtstag.

„Ich hasse dich!" Bea hielt sich schluchzend die Hände vor das Gesicht. Schwarze, von Wimperntusche gefärbte Tränen quollen zwischen ihren Fingern hervor. Vorsichtig lugte sie zwischen Daumen und Zeigefinger hindurch. Doch der Spiegel, vor dem sie stand, zeigte noch immer dasselbe Bild: eine Frau von siebenundzwanzig Jahren, 1,66 m groß. Dunkelblondes, schulterlanges, leicht gewelltes Haar, das mit einem schwarzen Gummi streng nach hinten gebunden war. Ihre Tränen waren inzwischen, aufgrund der Schwerkraft, wie parallel verlaufende Ströme an ihrem Oberkörper hinunter gelaufen, hatten den Weg über ihre festen, kleinen Brüste gefunden und umspielten wie selbstverständlich ihre Brustwarzen. Übermütig hüpfte ein Tropfen nach dem anderen in akrobatischer Manier darüber und der eine oder andere landete zielgenau in ihrem Bauchnabel.

Zumindest der gefiel Bea. Sie drehte sich zur Seite, hob den Arm, der zum Spiegel gewandt war, etwas an, damit sie die Wölbung, die sich um ihren Nabel im Laufe der Jahre gebildet hatte, besser sehen konnte. Nicht nur sehen, sondern kritisch betrachten musste sie ihn. Ihren Bauch. Ein schrecklicher Bauch! Na gut, so schrecklich war er auch wieder nicht.

Aber er störte! Zumindest wenn sie ihre Jeans trug. Wenn der Knopf geschlossen war, quoll ein Speckröllchen über den Hosenbund.

Wie das aussah! Eigenartig, denn ihr Gewicht war für ihre Größe eigentlich relativ normal. 62,5 kg brachte sie auf die Waage.

Sie stieß einen leisen Seufzer aus und wischte sich mit dem Handrücken das Salzwasser-Tusche-Gemisch vom Gesicht. Was für eine Visage! Die Heulerei hatte ihr ein

clownartiges Aussehen verliehen:
Verquollene Augen, eine rote Nase, schwarze
Streifen über den Wangen als Hinter-
lassenschaft der Tränen. Ein Aussehen – reif
für den Zirkus! Sie ließ den Blick über ihren
Po zu den Oberschenkeln gleiten. Die Sonne
schien durch die Balkontür in ihr Zimmer
und ließ gnadenlos Ansätze von Cellulite
unterhalb der Pobacken sichtbar werden. Sie
hasste sich! Sie hasste ihr Aussehen. Ein
Jammer, wenn man in diesem Leben nicht zu
denjenigen Menschen gehörte, die mit einem
Model-Körper ausgestattet waren. Sie seufzte
nochmals.

Diese „Hungerhaken" können sich so etwas
ja gar nicht vorstellen: Wenn man am
liebsten beim Sex das Licht auslässt und in
der Umkleidekabine das „nackte Grauen"
bekommt, wenn man den Wandspiegel so
dreht, dass man sich im gegenüberliegenden
Spiegel von hinten sieht. Daran waren aber
auch diese verdammten Neon-Röhren
schuld! In diesem Licht wurde einem
schonungslos und knallhart gezeigt, an
welchen Stellen es Mutter Natur mit einem
nicht so gut gemeint hatte.

Ins Schwimmband ging Bea auch schon seit
Langem nicht mehr. Wie lange eigentlich?

Sie sah einen Moment aus dem Fenster und legte die Stirn in Falten, versuchte, sich zu erinnern: Es war genau seit jenem Samstagnachmittag im Juli vorletzten Jahres, als sie mit ihrem damaligen Freund Tom im Freibad war und er sie irritiert angeguckt hatte, während sie sich langsam und ver- führerisch entblößte, um ihm ihren neuen, sündhaft teuren Bikini vorzuführen.

„Was ist?", hatte sie ihn verunsichert gefragt, als sie seine ungläubigen Blicke auf ihrem Körper spürte.

„Bist du schwanger?", kam die bange Frage nach endlos langen Sekunden über seine Lippen. Erschrocken riss Bea die Augen auf und sah an sich hinunter. Nicht der Bikini, für den sie extra wegen ihm eine Menge Geld hingelegt hatte, interessierte ihn, sondern ihr Bauch!

„Schwanger? Ich?", stotterte sie. „Nein, ich – ich glaub' nicht". Empört packte sie ihre Tasche, stopfte hastig das Handtuch hinein und lief wortlos und knallrot im Gesicht zum Ausgang. Seit diesem Tag hatte sie ihn nicht mehr gesehen.

Gleichzeitig setzte sich die Befürchtung in ihrem Kopf fest, mit ihrem Aussehen würde sie sowieso niemals einem Mann gefallen.

Männer lieben schlanke Frauen! Keinen Mops, wie sie einer war. Diese Vermutung hatte sich ihr etwa sechs

Monate zuvor bereits bestätigt, nämlich als sie Fred kennen lernte. Fred war ein netter Kerl und machte ihr auch Komplimente.

Er beteuerte immer wieder, wie hübsch sie sei. Wenn sie Essen gingen, zahlte er. Aber in der ersten Nacht, die sie mit ihm verbrachte, bekam er keinen hoch und Bea bezog das sofort auf sich. Wahrscheinlich war er von ihr so angeekelt, von ihrer Orangenhaut und den Fettpölsterchen an Po, Bauch und Oberschenkeln, dass es ihm vergangen war, dachte sie.

Fett machte jede Chance auf einen Freund zunichte und Einsamkeit war die Strafe dafür. Das hatte sie schon oft genug erfahren müssen. Seither versuchte Bea tunlichst zu vermeiden, sich jemandem unbekleidet zu zeigen.

In ihre „Zumba"-Gruppe, die sie seit einem halben Jahr besuchte, kam sie bereits in Trainings-Kleidung. Am Ende der Stunde verschwand sie immer einige Minuten früher und zog sich nur Jacke und Schuhe über ihren verschwitzten Anzug.

Dann ging sie schnell zu ihrem Auto und fuhr heim. Bea stand noch immer vor ihrem Schlafzimmerschrank. Ihr Blick war an ihrem Spiegelbild wie festgewachsen. Sie war wieder einmal maßlos frustriert über die Ungerechtigkeit, die Mutter Natur scheinbar willkürlich walten ließ. Selbst Diäten hatten bei ihr nicht viel bewirkt. Dieser verdammte Schwabbel-Speck um die Leibesmitte wollte partout nicht verschwinden. Dafür waren am Ende einer jeden Diät aus ihren B-Cups nur noch mickrige A-Körbchen geblieben. Also, hatte sie jedes Mal nach einiger Zeit enttäuscht wieder aufgegeben. Mit einem letzten, verächtlichen

Blick in den Spiegel, drehte sie sich um und zog ihre Jeans hoch. Sie hielt die Luft an, zog gleichzeitig den Bauch ein und flutsch – der Hosenknopf war zu. Dann ging sie zum Kühlschrank und schluckte den Frust über ihr Schicksal zusammen mit einer Tüte Eiskonfekt hinunter. Sie fühlte sich schrecklich.

(Ende der Leseprobe)

Printed in Great Britain
by Amazon